读客文化

# 这一切纯属偶然！

[日] 伊坂幸太郎 著　　烨伊 译

北京日报出版社

**图书在版编目（CIP）数据**

这一切纯属偶然！ /（日）伊坂幸太郎著；烨伊译

. -- 北京：北京日报出版社，2024.1

　ISBN 978-7-5477-4641-7

　Ⅰ.①这… Ⅱ.①伊… ②烨… Ⅲ.①中篇小说 – 日

本 – 现代 Ⅳ.① I313.45

　中国国家版本馆 CIP 数据核字（2023）第 119091 号

# 这一切纯属偶然！

作　　者：［日］伊坂幸太郎
译　　者：烨　伊
责任编辑：王　莹
特约编辑：宋　琰　　齐海霞　　窦维佳
封面设计：梁剑清
出版发行：北京日报出版社
地　　址：北京市东城区东单三条8-16号东方广场东配楼四层
邮　　编：100005
电　　话：发行部：（010）65255876
　　　　　总编室：（010）65252135
印　　刷：三河市龙大印装有限公司
经　　销：各地新华书店
版　　次：2024年1月第1版
　　　　　2024年1月第1次印刷
开　　本：880毫米×1230毫米　1 / 32
印　　张：8.5
字　　数：183千字
定　　价：49.90元

MICRO SPY ENSEMBLE

マイクロスパイ・アンサンブル

KOTARO ISAKA

伊坂幸太郎

# 目 录

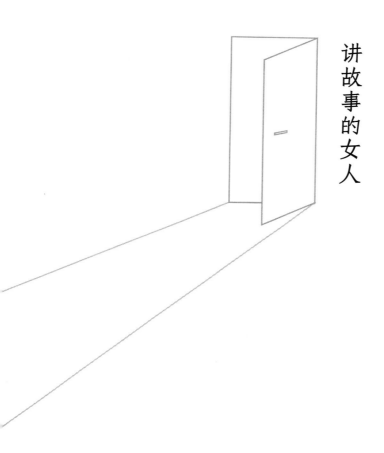

讲故事的女人

　　想听我讲故事吗？我看上去大概很闲吧。哎，讲也无妨。只不过，我的记忆已经不可靠了，也一直不明白故事的关键；听了故事，你可能也不会觉得神清气爽，只怕反而会更着急呢。

　　很久很久以前，有一片极其遥远的土地，我被囚禁于那里的一座高高的塔上。

　　高塔上的生活可不方便了。岂止不方便啊，还不愉快，最重要的是不安。我对此毫无办法，有时难免心灰意冷，以为这样的生活会永远继续下去。

　　就在这时候，救援来了。我很吃惊——尽管难以置信，但那是真的。

　　那个人经历了漫长得吓人的旅行，穿过草木冒险而来。不不不，真正的他，比现在那座广场上的雕像还要瘦小。或许做雕像时为了让后世认为他是一个勇猛的男人，有意修正了他的体态吧——虽然根本不必这样做。

　　总之，他用了各种各样的道具，经过无数次随机应变，将我救了出来。

　　追兵当然也来了，他们难缠得很，可恐怖啦。

　　武器从背后击中了我们的飞行器。最终，我们不得不紧急降落。

　　说实话，追兵慢慢靠近的时候，我以为这条性命就要交代在那里了呢。我们一点儿办法也没有，只能束手就擒。

　　所以，我能活到这把年纪，现在以这样的方式讲过去的故事给你听，本身就是一件很不可思议的事。

　　你问我是怎么得救的？不是装糊涂，我是真的不知道。我们什么都没做，敌人就消失了。

　　他趁此机会拉起我的手，我们又拼命地逃呀逃，终于来到了这里。

　　我不是说了吗？听了故事，你也不会觉得神清气爽。

第一年

# 执行任务的男人

回家之前的一切，都是任务。

穿着静音鞋踩过黏糊糊的地面，沿着来路返回时，特工晴人想起了自己的童年时光。即使回家，父母也总是不在。渐渐地，他习惯待在家附近的小混混聚集地，每天都在外面徘徊到很晚。他不愿意做自己不喜欢的事，当然也不喜欢学习，不喜欢运动流汗。如此一来，和不良少年混日子的时间自然就多了。

"这样下去，你长大后就难办喽。我知道学习麻烦，但你还是得好好学习。"这是老师告诉他的。老师不摆架子，而是设身处地地为他着想："因为你的人生只有这一回，老师只是希望你珍惜它。"

当然，青春期的晴人根本听不进老师的话。听了这些，他却对老师说："我喜欢滑翔机。"

"滑翔机？"

"没有引擎，有没有目的地也无所谓，总之是在天空优雅地回旋。我想活得像一架滑翔机。"

"那也行。"老师没有嘲笑他，点点头说，"不过，活成滑翔机那样很有难度。人啊，执行命令会比漫无目的轻松得多。'做好事就会幸福'这种模棱两可的指示，和'把壶卖了就能出人头地'——这两句话你觉得哪句更好懂？"

"壶是什么哏？"

"就是打个比方啦。总之在现实生活中，做一架发动引擎、照时刻表飞行的喷气式飞机或许更轻松。做滑翔机的难度太高了，而且——"

"而且？"

"身边的人会说你太安逸了。"老师笑了，"那些不懂得滑翔机有多辛苦、多孤独的人会这么说。"

"老师，我们对滑翔机的讨论是不是太认真了？"晴人到底还是笑了。

燃料罐、地图、导航

从始至终都不曾有过

在旁人眼里悠闲地划过长空

但我早就受够了

老师哼起一段缓慢的旋律："这是滑翔机之歌。"

没有人能想到，这位老师是为国家效忠的情报员。他在晴人十几岁的尾巴上再次出现在晴人的面前，邀请晴人成为秘密情报局的一员。

"老师，做间谍和做滑翔机的人生，不是正相反吗？"间谍必须接受任务，为了执行任务而高效地行动。

"你在这儿赚够了钱，把剩下的人生过成滑翔机不就好了？"

倒不是多么赞同老师的意见，那时的晴人只是厌倦了长久以来一成不变的日常，并且为自己的运动能力和天生的好记性得到认可而开心。就这样，他去情报局上班了。

他得以潜入研究所的最深处。屋子里有一套带机械臂的器具，后面是一扇用密码开的自动门，门后的房间里有一只贴着空标签的瓶子。他的任务，是拿到瓶中液体的成分信息。

特工晴人已经将瓶中的液体提取到随身携带的胶囊中。胶囊内部的纤维会分析自身浸润的液体成分，通过底部的芯片，将成分信息回传。也就是说，此时此刻，晴人的工作已经完成。他不必回家，任务也已宣告结束。即使不慎当场被捕，对当局机构来说也无关痛痒。考虑到若是特工晴人泄露情报就不好办了——万一这种情况发生，当局肯定会远程操纵引爆安装在他体内的微型炸弹。

"晴人，你要保持优秀。组织不舍得对优秀的特工用后即弃，会尽力让你平安无事地返回。"老师曾经这样说过。

"要有多优秀呢？"

"要优秀到能成为大家的代表。"

即使成了大家的代表，似乎也不会有什么好事发生啊。这个道理，特工晴人也是懂的。

藏在耳朵里的耳机传来声音："特工晴人，进展如何？"

是常和他搭档的特工小原。小原的声音还是老样子，放松而随意。

"马上返回。我的位置信息怎么样了？"

"确认好了。三十秒后梯子上方会开一个洞，你从洞里爬到地面上来。"

"这是什么声音？"晴人听到电话那头说话时混着咀嚼的声响，"你在边吃东西边说话吧？"

"我在吃杂粮点心。"或许因为和那个懒洋洋地睡到正午，起床就喝酒，从而散尽家财的传说中的男人小原庄助[1]同姓，特工小原无论面对什么任务都没有紧迫感，还经常粗心大意。

轻微的爆破声响起，沙土崩落的声音传来，前方出现了一架梯子。特工晴人将手中的微型手枪插回腰间，向前跑去。

---

1　是日本福岛县会津地区民谣中出现的虚构人物。——译者注（本书中注释若无特别说明，均为译者注）

# 失恋的男人

——松岛君，你没有冲劲儿啊。

她经常和我说这句话。以前，这句话中还有"这一点让人恨不起来""这也不好说就是缺点"等积极层面的意思。可最近，她的话里只剩下不满和焦躁。

——工作找得怎么样了？你在计划未来吗？

她对我面试的公司和面试结果愈加敏感，这恐怕和她自己求职屡屡碰壁也有关系。假如继续这样交往下去，我和她就要在人生的航行中共进退了。这或许让她感到了不安：让这个男人掌舵没问题吗？该不会因为他太没出息，最后不得不由我来把握行进的方向吧？

"不用担心，日本的经济状况越来越好了，往后职位肯定会增加的。再加上年轻人越来越少，哪里都会有用人的需求。形势对我们是有利的啦。"我的话说得漂亮，却没有根据。

"总会有办法的——你老是这样说。就这么漫无目的地飘着，简直像滑翔机似的。"她的神情烦躁。

> 低空飞行的我
> 永远在找地方降落
> 找着找着
> 越飞越远啦

我仿佛听到了滑翔机之歌，不知道这旋律是从哪里传来的。

在空中优雅地飞翔、回旋的滑翔机，给我一种英姿飒爽、超然绝俗的感觉。可对当时的她来说，"滑翔机"大概是个贬义词吧。

我知道这样下去不行，虽然为时已晚，可还是铆足了劲儿拼命求职，总算找到了一份工作。可那时，她已经决定和OB访问[1]时认识的一位比她年长的男性交往，果断地向我提了分手。

而且这件事就发生在不久之前。

突如其来的分手对我的打击比想象中更大。我睡不着觉，整夜驱车飞驰。我把音乐声音开大，身体跟着旋律摇摆，穿过郡山，不知不觉间竟已开到了猪苗代町。几座绿意盎然的山峰将田野包围。

我将车顺路开到湖畔的停车场。并没有什么特别的缘由，

――――――――――
1 指面试公司前，应聘者找到在该公司工作的同校学长，向其咨询公司情况的交流活动。

无非是想休息片刻，期待眺望安静的湖面能让心情归于平静罢了。

我下了车，朝天神滨走去。太阳已经升起，照亮了周遭万物。有风吹过，松针摇动，发出银铃般的响声。

天神滨宽广而宁静。从松林的罅隙窥伺湖面，头顶碧蓝的晴空仿佛是湖面的反射，远远望去，能看到某个东西在空中盘桓的身影。我以为是滑翔机，其实是鸟——大概是黑鸢吧。

必须有冲劲儿才行。

我对自己说。

滑翔机无法靠自身的力量飞行。要么是套着长金属绳，让其他飞机拉着它滑翔；要么是用绞盘车急速收卷牵引绳为其加速。除此以外，没有别的办法。无法靠自己的力量飞上天空，着实令人难堪。

松林里立着几幢别墅，可供骑行者住宿。四周净是巨大的树桩。我慢悠悠地走着，想走到近处看看湖面，却在别墅后面发现了一样稀奇的东西。

我伸手将它捡了起来。

# 逃亡的少年

好，成功了！总算成功了！

我不顾一切地在宽广的大地上奔跑，跑过生长着巨大松树的湖岸。但跑得再远，也找不到一个藏身之处。我频频回头，确认身后有没有追来的人影。我的喘气声大到令自己无法忍受，脚步的轻重也已无法控制。

从此我就变了，和从前的自己告别了。

我也不必再被伙伴们围堵、威胁、打劫，不必再承受父亲的暴力了。

我早就受够了！

平时几乎不做抵抗的我突然反抗，令朋友们相当狼狈。对方的破绽是我唯一的武器。我不管不顾地对着眼前的人挥拳，抢起抱在怀中的书包，大闹了一番。

胡乱地踹了倒在地上的家伙一通之后，我反省自己确实是做过了头。但想想一直以来他们从我这里抢走的东西，内心的天平仍然朝自己这一侧倾斜。

我把他们踹得翻了个身，然后掉头就跑。

家也回不去了。不过话说回来，原本也没必要一直听那暴力狂父亲的指挥。

就这样跑去某个地方吧。"去哪儿呢？"——我却回答不了这个问题。做事不考虑先后顺序，我被自己的愚蠢吓得面如土色，但到底是无法自暴自弃。

实在跑累了。眼前是一片起伏的山丘，我藏在草木繁茂的丛林中等待天亮。我抱着双腿，屏住呼吸，虽然睡不着，但身体毕竟能得到休息。

天亮了。我忽然惊醒，起身的同时感到有人在靠近。"那家伙上哪儿去了？"——这搜查的声音，摆明了来自追我的那些人。他们也许是追随着我的脚印，一路找过来的。

该怎么做？我不敢继续埋伏在这里。

"在那边！"我刚跳出来，身后就响起一个声音。

接下来，我只好不顾一切地奔跑。一口气爬上山丘，又跑下去。真希望此时的自己穿行于树荫下、草丛中。

"站住！你以为你能跑掉吗！"那喊声撞在我背上，更响亮了。

再也跑不动了。双腿不听使唤，绊在一起摔倒了。我双手撑地，挣扎着想要起身。

"你在这里做什么？"突然间，一个人影伴着声音而来。我呆住了，抬头一看，一个穿着黑色衣服、体型瘦削的男人出现在我眼前。

"呜！"我惨叫一声，慌忙举起双手——因为这男人举着一把手枪似的东西。

男人不耐烦地叹了口气："躲一边儿去，这里很危险。"

"我无处可去，现在正在逃命。"

"逃命？"男人抬起头，目光在我背后扫视，"哦，的确有几个人追过来了。"

男人努了努嘴，仿佛思忖了些什么，然后朝自己身后一甩头："好吧，你跟我来。"

"欸？"

"反正两个人肯定坐得下，我就带你一程。"

男人说完便转过身，径自朝前走去。我慌忙跟在他身后。既然此时此刻有人能带我逃走，我也只得仰仗他了。

没多久，我就知道男人要去哪里了。

一栋巨大的木质建筑背面有一架飞机。机身是白色的，中间和翅膀的部分漆成红色。飞机上还有螺旋桨。男人"噔噔噔"地登上梯子，坐进驾驶舱，我跟在后面。我们一前一后地坐在飞机里。

"系紧安全带。"

"啊，好的。"

居然可以坐飞机从这里逃走！我的情绪高涨，同时安心了不少。然而就在这时，身前的男人一咂舌头："不会吧？"我的心又凉了——发生了什么？

"怎么了？"我的问话无人回应。男人不知和谁通起话来："小原，你又坑了我一回！你说什么？不是。听好了，这是滑翔机！要打仗，怎么也得用那种固定翼飞机吧！"

男人大吼大叫，我在他背后也能感受到他的焦灼。

"追兵来了，来不及了。听着，别再问我'有什么区别'了。滑翔机不靠牵引是飞不起来的，因为它没有引擎！"

没有引擎。这句话触动了我。也就是说，这架飞机飞不起来。飞不起来的飞机跟箱子没什么两样。我们只能坐以待毙。

一阵恶寒划过我的脊梁。

在座椅上向地面俯瞰，那群找我的人正四处张望着在外面徘徊。尽管他们现在还没发现我，但注意到这架飞机只是时间问题。我是不是应该解开安全带，从飞机上下去？

男人仍然在和他那位叫小原的同伴通话："你给我听好，这是滑翔机，没有引擎。我需要的，也是你理应为我准备的，是有引擎的机器！"他的声音已不再那样粗鲁，不知是有意控制着情绪还是豁出去了："喂，你刚才又在吃东西吧？我听见声音了！总之就是这样。这架飞机飞不起来。"

结束通话后，男人回头对我说："我们下去吧。"

"假如我们一动不动，"我突然说，"也许不会被发现。"

"谁知道呢。"坐在操纵台前的男人歪着头说。

晃动就在这时降临。

震颤令我呻吟，浑身上下"嗒嗒嗒"地摇晃着。前面的男人也焦急地重新系紧安全带。

紧接着，我突然觉得身子一轻，被举了起来。整个机身腾空而起，浮在原先位置的正上方。

"是引擎启动了吗？"我疑惑地问。

"它本身没有引擎。就算有，也不可能这样一下子飞到正上方。"

说话间，机身开始向前移动。刹那间，我整个人翻了个跟头。机身朝上倾斜了一下，很快又恢复原状，然后在空中飘浮着向前滑行。

前方是一片巨大的湖水。

我不知道究竟发生了什么，只是不住地念叨着："飞吧！"

男人死死地攥着操纵杆，仿佛在诚挚地祷告。

# 失恋的男人

　　我拿着捡到的滑翔机玩具朝湖边走，将它轻轻掷了出去。它迎着湖面笔直地向前飞，飞得比我想象中顺滑。滑翔机像在确认天空高度似的，在湖面上缓慢地攀升、回旋，大大地画着"8"字。

　　晨雾弥漫开来，滑翔机融进那片白色之中。我几次以为它要掉下来了，它却一直没有坠落，滑翔的距离也越来越长。随着距离的拉长，我的心也变得开阔无垠，心情逐渐明朗起来。

　　　没有引擎，安安静静
　　　一切问题都不存在嘛
　　　想要出发，那就出发

　　我难以置信地望着滑翔机消失在湖对岸。前女友的身影浮现在我的脑海，我的眼泪险些掉下来。我将帽子压得低了些。

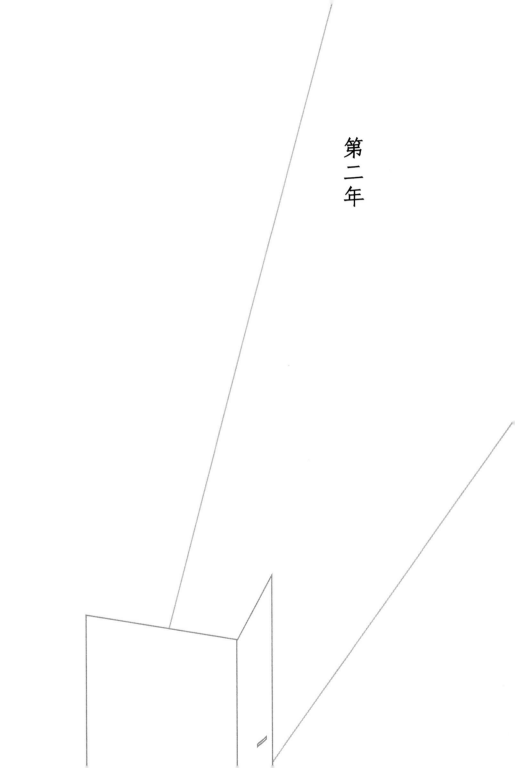

第二年

# 失言的男人

人会陷入自我厌恶的泥沼，是不是因为对自己有所期待？是觉得自己本该是更好的人，本可以成为更好的人？

我的脑中闪过有关去年分手的恋人的回忆。

——松岛君，你没有冲劲儿啊。

被她看不起令我颇受打击。我唯一庆幸的，是自己没有当场反驳"没这回事啦"。因为"这回事"的确是有的，她当时的分析没有错。

从那以后，我一直很拼。

我费尽心思，不顾一切地找工作，面试失败的次数多到让人不愿回想。每失败一次，我都眼前一黑，萌生出"这是整个人生的堕落"之感。或许跟有人接到录取通知后放弃入职有关，出乎意料地，我竟被一家知名的公司录用了。如此幸运，简直让我怀疑这次入职用完了毕生的好运。

入职之后，则又是另一番折磨。适应工作内容相当费神，疲劳无限地累积。每个周末，我一睡就是一整天，除此以外什么也不做。我的身心像破抹布一般伤痕累累，无数次想过"啊，好想逃"。

前辈们虽然带我入门，但不知道为什么，他们往往特意将简单的事搞得复杂。明明有些东西只要说清楚，我立刻就会明白，他们却刻意将信息转达得很不友好。笨拙的我大错小错不断，自然要不停地挨骂。

"不中用啊。"领导经常这样说我。

如果把人心比作容器，我自己都能感受到装在这个容器中的宝贝正在一点点减少。一定要努力才行——我这样告诉自己，可缺乏从容的努力不仅徒劳无功，还可能适得其反。

几天前的晚上，有一场以和关联企业的销售员交流为名义的酒会。一共有二十多人参加，大多是同龄人，现场一团和气。很久没有在相对松弛的情景下喝酒了，我很开心。

酒会上，有男销售吐槽着令人火冒三丈的工作逸事和平日里堆砌的不满，说是"只在这里讲"；也有女员工哀怨地抱怨，前不久有人气演员宣布即将结婚，自己有种失恋的感觉。

"他的结婚对象是圈外的普通女人，那就代表我曾经也有机会啊。"她话音刚落，却又愤愤不平道，"但是，长得像模特花梨的普通女人，哪里还算普通女人啊！"

"花梨是谁？"我小声问身边一位和我同年入职的同事。对方苦笑道："亏你是干销售的，竟然连花梨是谁都不知道。"

"可我又不跟模特谈生意，平时也不可能见到她嘛。"我边说边更嫌弃赔着笑脸的自己。

"抱歉，我来晚了。"那个女人就是这时候来的。她好像是对方公司的员工，和场上的人进行了一阵寒暄。

"又来了个狠角色啊。"身旁的同事说。我明白他话里的意思：这女人个子不高，但身材明显横向发展。富态、丰满、圆滚滚，不知道哪个词更适合用来形容她。总之，她就是这类体形。我这边的位置相对宽敞，她便坐在了我前方。

"我结束了工作才过来，就来晚了。"随后她开朗地做了简单的自我介绍。

接着，那一幕就发生了。我一不留神，将脑海中闪现的那句话说了出来："请问您师承何门？"

这句玩笑话一语双关，用了相扑运动中常提到的"师门"一词。当时的我，大概是想说些机灵话来提升自己的存在感吧。

其他几桌人的对话恰巧在这时不约而同地结束，我那句话仿佛飘荡在包厢的正中央，在所有人视线的交汇处受到了大伙儿的瞩目。

有那么一瞬，屋子里鸦雀无声。随后，大家爆发出一阵哄笑。身旁的同事拍了拍我的肩膀，仿佛在称赞我："你可真敢说。"

坐在前方的她沉着冷静。这似乎也意味着迄今为止，她已经遭遇过无数次类似的玩笑或这方面的贬损。她稳重地微笑着接下我的话："哎呀，训练太辛苦，我当了逃兵。欸，怎么就说成相扑训练了呢？真牛！"大家又是一顿爆笑。

气氛是热烈了许多，可那之后，我一直如坐针毡。无论怎么想，我那句话都不太好。不，干脆认了吧，我那句话实在很没水平。

每当我独处的时候，当时的情景就浮现在眼前，自我厌恶的情绪便向我袭来。我大可以不和看不起人的人来往，却到底无法疏远这样做的自己。

唉，真希望那件事没发生过。

我挠着头这样想，恨不得用海绵之类的东西擦去那段记忆。可无论怎么擦拭，都抹不去那道痕迹。

# 执行任务的男人

蓝色——准确地说是一派水蓝的颜色在我眼前铺开。是天空。"水的颜色是光的反射，水本身没有颜色。"——我回忆起特工晴人曾告诉过我的话。

我倒在地上，仰面朝天，背靠遍布黄沙的山丘。侧腹被击中了，我勉强做了止血，但估量不出伤口的深度。

四周安静得很，甚至能听到风对着沙砾吐出的"沙沙"声。而我光是让自己平顺地呼吸，就已经费尽了力气。

特工晴人是否平安无事？

任务顺利完成了吗？

对不起，我搞砸了——我在心里道歉。

一年前，特工晴人在这里救下了我。当时我想从父亲和同伴的暴力中挣脱，是他让我坐上了那架滑翔机。

"你愿不愿意接受训练，协助我的工作？"

我自然没有拒绝特工晴人的理由。而他的同事们纷纷嘲笑道："他还是个黄毛小子呢，能干什么啊？"

我确实什么都干不了，顶多会模仿鸟叫。尽管特工晴人鼓励我"能模仿鸟叫就很了不起啦"，我还是努力成长，为的是让身边的人对我刮目相看。

至于所谓的训练嘛，称其为训练似乎太过严酷，称其为磨炼又未免杀气太重。每天过得确实不轻松，但对我来说并不算痛苦。有目标地花时间让自己变强，比被蛮横地暴力围剿强上百倍。

"下次出任务，你跟我一起。"接到特工晴人的命令时，被认可的自豪感让我喜出望外。

"是。"

"别害怕，去的是你熟悉的地方。就在那座巨大湖泊的对岸。"

在我逃走的故乡的不远处有敌人的基地。一年前，特工晴人破坏了那里。

"他们好像又开始做新的研究了，特别是新型战斗机的研发，这个很吓人。我们要夺取相关信息。还有——"

"还有？"

"我自己也想解开那个谜团。"

我立刻就知道他所说的"那个谜团"是什么了。去年，我们逃跑时坐的是一架滑翔机。它没有引擎，无法靠自身力量升空。理应如此。尽管我们坐进去了，但别说起飞，它根本连动弹都动弹不得。完蛋了——就在这时，机身像回应我的这一想法似的腾空而起。

这一切至今仍是个谜。我曾怀疑那架滑翔机也许是有引擎的，但根本没这回事。

和特工晴人搭档的特工小原——误将螺旋桨飞机准备成滑翔机的人——似乎毫无反省自己过错的意思，事不关己似的说："正好有阵强风吹过，不是挺好的吗？你们应该是乘上气流了吧？"

一阵风就能使滑翔机像当时那样垂直升起，继而朝前方飞去吗？

一年来，这个让人百思不得其解的谜团一直在我脑海中盘桓不去。特工晴人也是一样。

"回到那里或许能有新的发现。怎么样，要不要去？"

我当然答应下来。我既没有理由拒绝，也不打算拒绝。

虽然不好意思自夸，但对于几乎毫无实战经验的人来说，我这次任务执行得算是不错了。乘螺旋桨飞机降落在湖岸后，我们前往敌军基地。一路上，我没拖特工晴人的后腿，还发挥小个子的优势钻进地下管道，成功从基地内部解除了封锁，又用远程冲击波击晕了几个敌人。

中途与我会合的特工晴人半开玩笑地说了一句："不愧是被寄予厚望的新人呀。"

是他这句话让我大意了吗？

刚开始兵分两路、单独行动，我就被敌人发现了。尽管慌忙逃走，对方射出的子弹还是贯穿了我的侧腹，血洒了一地。

失血过多让我无法继续保持冷静，可总不能倒在敌人的阵营里。我掏出烫印，按在伤口上止了血。虽然痛得惨叫，但我告诉自己无论如何都要从这里撤离，于是沿着来路返回。

我喘着粗气，朝来时坐的那架螺旋桨飞机走去。爬到沙丘的一半位置时我摔了一跤，然后朝下骨碌了几圈，耗尽了力气。

我仰面朝上，望着天空。

一切都要结束了吧。

这种想法填满了我的脑海。

> 想投进天空的怀抱
> 心情又这么好
> 这种天气我就知足了
> 该有的东西都有了

不知从哪里传来了歌声。

假如自己就这样在这里消失，明天的到来也不再和我有关，这是不是一个皆大欢喜的结局呢？我想着这些，意识逐渐模糊。

# 失言的男人

突然被人叫住，我吓了一跳。

抬眼望去，竟然是那个之前在酒会上被我恶语中伤的体态丰腴的女人。我不禁仓皇失措。

这里可是福岛的郡山站，我刚把车停在停车场后下车不久。若是在我们工作的东京碰见也就罢了，在这里偶遇是我根本没想过的。我甚至一度怀疑这是由负罪感产生的幻觉。

"啊，这里是我的老家。"我解释道。好久不回家的我利用周末回来一趟却无所事事，父亲托我到车站附近办事，我便开车过来了。

此时太阳开始西沉，天空逐渐暗淡。

"我的老家也在这边。真巧啊，我正要回东京呢。"

——哦，原来如此。没想到会和您在这里偶遇。那么，职场上再见。

或许我应该像这样寒暄几句就和她道别，这些话本已到嘴边，可她接下来的话却让我慌了神："我下个月离职，今后我们可能不会因公务见面了。"

"难道说，和我上次的失言有关？"

"欸？失言？"

"呃，就是酒会上说的那句话。"

说到这份儿上，她终于"哦"地高呼一声，随即发自内心地笑了："不，和那个没关系啦。"

我松了口气，却又有一种自己的烦恼在别人眼里不值一提的感觉，不由得说了句"怎么这样"。这完全是随口一说，只能说是在负罪感的扭曲下迸出的话。

"怎么这样？"

"啊，不，我是真的很抱歉……咱们可以找个地方聊聊天吗？"

她看了一眼手表，然后点点头："可以啊，距离新干线进站还有一段时间呢。"

"我知道你不是故意的。但是，"面对面坐在咖啡厅里的时候，她说，"用那种贬损的方式取笑别人，我觉得这种幽默很低级啊。"

"你说得很对。"

嘲笑别人的身材或体质其实很难算得上是幽默，说是低级笑话还差不多。而且如果她当时应对得不好，很可能影响整个酒会的氛围。不管是贬损他人的发言，还是那些带性暗示的，也就是俗话说的"黄段子"，多半是找不到有趣话题的人最下策的选择。只有没能力让大家开怀大笑的人，才会想用粗暴的手段糊弄了事。所以，所谓的强颜欢笑，其实都是不知所措的苦笑罢了。

"自打进入公司后，我就没有一点儿喘息的余地。当时想着必须得说些什么，结果说出了最不该说的话。但从那之后，我是真心后悔，一直被罪恶感侵袭。"

"你好认真啊，平时是个注重细节的人吧？"

"不。有人说过我没有冲劲儿，就像没有引擎的滑翔机。"

"这是什么比喻啊？"她含着吸管笑了。突然，她把手放在脖子上"啊"了一声，先前的那股子冷静不见了，脸色也眼看着苍白下去。

"你还好吗？……还好吗？"我重复着毫无意义的问题，"是贫血之类的吗？"她是身体不舒服吗？

"不是……我的项链不见了。"

好像是她脖子上的颈饰断开，不知掉到哪里去了。那她刚刚的样子，大概是在回忆自己今天都去过哪里了吧。

"大概是掉在猪苗代湖了。"她沉思了一阵子，"我白天去了一趟湖边，外甥想玩遥控飞机，我陪他来着。可能是掉在湖边了。"

"那可真是不好办了。"

要是掉在屋里还好说，在湖边找丢失的东西，想想就觉得困难。"在猪苗代湖找首饰。"——就算有这么一句俗语用来比喻徒劳无功，我也不会觉得意外。

然而，我却对她说："如果你不介意赶不上这班新干线的话，我开车带你去猪苗代湖看看吧——我想以此向你赔罪。请务必让我帮忙。"

# 执行任务的男人

耳边传来电流爆炸般的声音，仿佛是哪里刮起了沙尘暴。原来临死前充斥在脑海中的声音是这样的啊，我想。

喧嚣不止，缺乏韵律，只是单纯的声音。

那声音休止片刻后，特工晴人的说话声传来："喂，快起来！"

他试图拉起躺在地上的我。

腹间一阵剧痛。

"出血量好像不少，所以你可能会有点儿晕。但现在可没工夫休息，先把这个吃了。"他递过来一颗小小的胶囊。

"是止疼药吗？"

"是微型镇痛剂。"

"所有东西前面都要加上'微型'二字呢。"

"这样比较酷。"特工晴人难得轻声回应。

我环顾四周，放眼望去，自己仍在那片岸滩上。太阳已经比刚才低了很多，天空开始覆上一层昏暗的膜。尽管天色已不再像刚才蓝得那么纯正，直让人想跳进其中，但此时的天空别有一番美感，我不禁想把它裹在身上。

我踉跄着站起身来。

"走了！"

"任务怎么样了？"

"谈不上完美收工，但我偷到了他们开发的成果。"

"不愧是你。"我刚迈出一步就往下倒，仿佛失去了平衡感。

特工晴人扶住了我："还能走吗？"

"微型徒步的话，大概可以。"我嘴上开着玩笑，但内心其实没什么底气，"估计走不到飞机那儿，别管我了，你先走吧。"

"不用走那么远，我把它开到前头来了。"

"飞机吗？"

"就是那个偷到手的东西。那帮家伙研发出了有趣的玩意儿，我把它停在不远的地方了，我们得走过去。"

特工晴人用肩膀撑着我，慢慢向前挪。他肯定很着急，却也跑不起来，眼看着太阳落了下去。

我以为我们马上就能逃掉，刚想松一口气，却发现事情没那么简单。

没多久，我眼前灯火通明，定睛一看，竟有一排敌人举着灯挡住了我们的去路。

不知是因为疲劳还是大量失血，抑或是微型镇痛剂的副作用，我的大脑已渐渐空茫一片。但敌军架起枪支随时会向我们开枪这一点，我还是明白的。

到底是要在这里结束了啊。

我度过了短暂的一生，这就是所谓的"微型人生"吧。那一刻，我的脑子里充满了这个念头。

就在这时，更猛烈的光照了过来，敌军身后升起一道刺眼的光束。

敌人们也不禁怯懦地回头看去。约莫是有人命令他们去查看情况，其中几名敌人朝光升起的方向走去，剩下的人继续与我们对峙。

特工晴人咂了咂舌头。我明白他的意思，他本想趁此机会逃跑，对方却并未像他期待的那样乱了阵脚。

可没过多久，我们眼前的敌人目光微微上移，所有人都望着同一个方向——我们的身后。看到他们浑身僵硬地望着那片天空的样子，我吓了一跳。

到底发生了什么？

我也循着他们的目光回头望去，身后只有巨大的湖和彻底暗淡的天空。

不，不对。

我凝神细看，终于明白了他们为何恐慌。湖对面有一个巨大而模糊的块状物，正像一团黑云似的朝这边缓缓逼近，宛如一个会将我们吞噬的巨大人影。

# 失言的男人

我们抵达猪苗代湖时还有暗淡的天光，勉强能看见脚下的路。她竭力回忆白天走过的地方，一路沿途寻找。

"那项链对你来说很重要吗？"我问。

"是我难得收到的礼物。"她回答，"真是的，我怎么就把它丢了呢？"

"仔细找，肯定能找到的。"我不是在说漂亮话，是真的在心里祈祷，希望无论如何都要找到。

我们低头盯着脚边走来走去，眼睛瞪得好像铜铃一般。不知不觉间，我听到她在哼歌。歌的旋律轻快，歌词却有些古怪，我忍不住问道："这是什么歌？"

"《海绵超人》，你知道吗？"

"海绵超人是谁啊？"

"海绵超人会吸收一切。只要活着，就会遇到很多烦心事和好事吧？海绵超人无法选择或避开它们，所以照单全收。"

发生什么都没关系

反正我会全都吸收的

"是接受事实的意思吗？"

"谁知道呢？"她笑了，"总之这样一想，我就好受多了。或者说，是看开了吧。"

"此话怎讲？"

"毕竟我的外形就是如此嘛。从小到大都有人用相扑之类的哏取笑我，我都听腻了。"

"……我真的非常抱歉。"我低头致歉，觉得胃痛。

她开朗地笑了："我的意思是——尽管如此，那些'玩笑'，我也全都吸收了。"

从今往后都是我的养料

一个不落

她接着说："不是单纯地接受事实，而是不卑不亢地照单全收。"

"这就是海绵超人？"

我想起电影里类似棉花糖人的巨大的海绵英雄形象。如此说来，或许真的有谁能吸收掉人们所有的后悔和难过——往小了说，也包括我那些"要是没说那句话该多好"的感受。

一转眼天就黑了，能见度变得很糟糕。算了吧，别再找了——这句话我没说。我说不出口，也不打算说。

"有了，我把车开过来，用车灯照明吧？"

"可以吗？项链还可能掉在了那些别墅附近。"她指着前方。

我回到车上，发动引擎，沿着小路缓缓驶过，开到别墅附近。停稳后，我熄了火，但开着车灯。

下车后，我朝她所在的地方走去，只听她喊道："找到了！找到了！"

听说是首饰反射了车灯打出的光。这是何等的幸运！我激动地跑过去，不停地喊着："成功啦！成功啦！"仿佛做出了什么丰功伟绩似的。

"多亏了你。"她向我道谢。我却只感到惶恐。


"话说，你为什么要离职呢？"返回车里的途中，我不禁提出了疑问。她看了看我，然后不知发现了什么，停了下来，目不转睛地凝望着猪苗代湖。"怎么了吗？"我顺着她的目光看去，湖面上隐约飘着些什么，好像是一团雾霭，其中混着朦朦胧胧的轻烟。

"那是什么啊？"

"是什么呢？那东西还在活动着呢。"她一动不动地望着。

"是不是湖面升起的热气之类的东西啊？"起初我以为那是某种自然现象，可湖面上自然不可能腾起热气。

那东西看上去又有些像大型人偶。

哦，那就是海绵超人吧——我差点儿说出这句话来——它真来找我们了啊。

"那……那东西，"她喃喃道，"难道是——"

"难道是……？"

看她一脸的将信将疑，我还是说了出来："果真是海绵超人吧？"

"是不是虫子啊？"

"虫子？那么大的虫子？"

这怎么可能。我探着脑袋，眯起眼仔细一瞧，发现那团模模糊糊的块状物正在慢慢地扩散。

原来是无数蜻蜓似的虫子飞在空中，由于数量过多，看上去像一个块状物。它们正朝我们飞来。

"可能是蜉蝣。"

"欸？"

"我以前听人说过，他们在这里办活动的时候，也许正好赶上蜉蝣羽化的时期，大量的蜉蝣飞来飞去，把大家搞得很狼狈。听说有的蜉蝣还飞到了正在台上表演的音乐人嘴里，歌手不得不边吐虫子边唱歌。"

那团东西，真的是蜉蝣？

"它们干吗要往这边飞？"说完我立刻意识到，是光的缘故。蜉蝣追着车灯飞来了。

# 执行任务的男人

就趁现在，拼命跑起来！现在是决定生死的关键时刻！生死面前，当然要选择活下去了！

特工晴人的话戳中了我。我遵循他的命令，让身体行动起来。

"那是蜉蝣。"

他指的是那一大群朝我们飞来的虫子吧。原来刚才从湖上靠近的不是什么巨人，而是长着翅膀的虫群。虫群过于庞大，压迫感过强，令在场的大家慌了神。

不知它们为何朝我们而来，敌军开了枪，将虫群击得四散。

"这种虫子的翅膀会放毒！"特工晴人大着嗓门扯谎，扰乱敌人的状态。全场或许只有他一个人还保持着冷静。

"抓住机会！"他拽着我，"快跑，就趁现在！"

在这道声音的强迫之下，我总算伸直了自己那双打了结似的腿，双脚蹬踏着地面。大概有几只蜉蝣被击中了，它们从空中坠落，将几名敌人压在身下。沙尘狂舞，我几乎看不清前方。

"坐上去！"

一人高的茂密草丛里，藏着我想都没想过的东西。

"这是……？"

"那帮家伙想把它变为交通工具，应该还在研发——不，还在驯化中。不过我刚才是坐着它飞过来的。"

"能坐两个人吗？"

"篮子里的话，应该能装下。"

那是一只蝉。

蝉这东西，我之前遇见过很多次，只不过每次看到时，它们都趴在远处的树上。如此近距离地观察还是头一次。它至少要比我们大上一圈，黝黑的身上有一双半透明的翅膀，六条腿犹如纤细的机械臂。特工晴人从它的腿间穿过，钻到它的身体下方。一路向前，蝉的腹部确实装有一个篮子似的东西。

没工夫继续犹豫了。

我钻进篮子，弯着腰，几乎是蹲在里面。不知什么时候，特工晴人在耳朵里塞了个耳机似的东西，然后把它上面延伸出的听诊器听筒般的玩意儿抵在喉咙上，发出难以被称为声音的声音，像在唱一首高亢的歌。那玩意儿大概是控制器，是用来给蝉下达指令的。

伴随着震动，我感到自己被举到了半空中。

　　是蝉伸开了腿脚。接下来，气流剧烈地震颤，当我意识到那是蝉在扇动翅膀的时候，我们已经飞上了天。

　　蜉蝣们还在四处飞舞。蝉避开它们，提高速度，穿破长空。

　　逃跑成功——飞到巨大湖泊的中央时，我终于确信了这一点。身后感觉不到追兵的气息了。

　　"我们就这样飞回去。"

　　"好的。"尽管意识模糊，我还是给出了回应。全身的力气被抽空，我不由得靠上了篮子。

　　一轮满月照耀着夜空，宛如一个圆形的洞穴。我被月亮吸引着挺起身子，垂下目光看到身下摇荡的湖面，湖面上也描摹着一个小而美丽的圆。

# 失言的男人

我们回到车上，打算摆脱那群蜉蝣。

"托你的福，找到了项链，太好了。"她向我道谢。

"得赶快回去，不然就赶不上新干线了。"我发动引擎，挂挡、转弯，将车子开上机动车道。

开往郡山站的一路上，我们都在聊刚才的那一大群蜉蝣。我老实地说："我刚才真以为那是海绵超人。"或许真有巨大的海绵超人要来吸走我们的负能量呢？

她笑了一会儿说道："不是那样的。"

"不是那样？"

"海绵超人的样子没有那么特别。我很普通，你很普通，但大家都是海绵超人。这个世上，海绵超人无处不在。"

"是吗？"说不上为什么，"无处不在"这个词在我听来掷地有声。

"对了，刚才我没说完——"

"刚才？"

"我要结婚啦，所以才要离职。"

"啊，原来如此。"

"这世上竟然有喜欢胖女人的男人啊——刚才你这样想了吧？"她调皮地说。

我当然立刻否认。并不是因为人们对外貌的喜好各不相同，而是觉得接纳事物本来面貌的她本人，一定很有魅力。

"对方是我高中时的同学。起初我们只是朋友，不知不觉间走得越来越近。"

"哎呀呀。"

"我这人高马大的体形太显眼，我们交往也颇费了一番周折。"

"我觉得，显眼也没什么不好的。"

"咳，你说得也是。"她轻松地接下我的话，然后转移话题似的聊起了工作。

从那之后，我再也没机会和她见面。只是没过多久，我在网上看到那位人气演员的八卦，据说和他结婚的普通女性其实是和模特花梨完全不同的类型，身材相当富态。我想，啊，她大概也是某个接纳一切的海绵超人吧。

虽然我至今仍不知道八卦的真相，但从那以后，我对那位人气演员多了几分支持。说我成了他的粉丝也无妨。

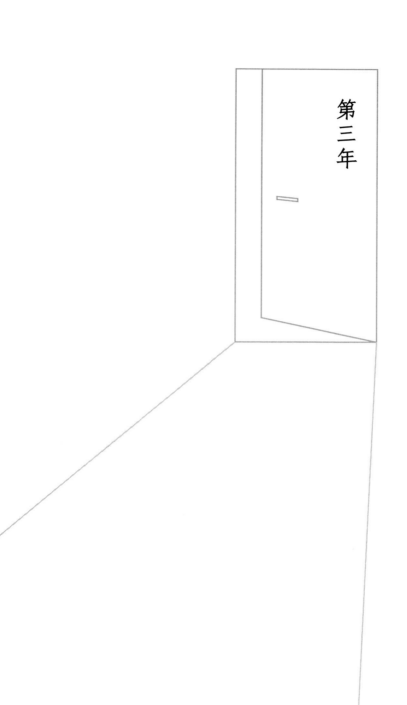

第三年

# 名誉扫地的男人

早知道如此，一开始就应该老实地道歉。

我时常会这样想。

前些天，开着销售用车出外勤的时候，突然有一辆豆腐店的小面包车从旁边挤进来，撞上了我的车。我立刻把车停在路边，和对方的司机理论。我怎么看都是由于对方开车太鲁莽引起的剐蹭，对方却硬要说是我的过失，没完没了地嘟囔"我一直在认真看路"什么的，我大感意外。

"我说，这到底是什么情况？本来也没多大磕碰，你们要是主动认错，我们也没打算把事情闹大。但既然你们是这个态度，我们也就奉陪到底。到底是谁的过失，咱们查个清楚！"提高嗓门的是和我一起坐在车上的小森课长。身材修长的她很是显年轻，外人根本看不出她已经四十出头，还有三个正值青春期的儿子。在公司里，她也是凭本事出名的领导。这位小森课长突然像下战书似的厉声呵斥，令豆腐店面包车的司机脸上一下子没了血色，我也转变了想法："早知道如此，一开始就老实地道歉不行吗？"

至此，那位司机仿佛终于意识到了自己的过错，挺直身板朝我们鞠躬，腰几乎弯成直角："非常抱歉！"

回公司的路上，小森课长在副驾驶座位上说："你说那种人是怎么回事呢？有人说，发生交通事故的时候，先道歉的一方会输掉官司。刚才那个人是不是盲目听信了这种说法，所以不想道歉啊？"

"我经常听到这种说法。"我回答，"在美国，先道歉的人会输掉官司——好像是这么说的。"

"道歉就证明你认为自己有错！——也许是怕被对方像这样揪着不放吧。但我觉得，多数时候老实道歉反而能更顺畅地解决问题。"

"是啊。"说到这里，公司里某个人的形象浮现在我的脑海中。

"毕竟道歉也是需要勇气的嘛，有'无法道歉癌'的人比比皆是啊。"

"'无法道歉癌'是什么？"

"就是那种说不出'是我的错''是我给您添麻烦了'这类话的人，仿佛他们说了这些就会死一样。这种人要么拐弯抹角地给自己找借口，要么把责任推到别人头上，或者扯一个很快就会被戳穿的谎。"

进入公司的第二年，我虽然适应了工作，但还算不上游刃有余。小森课长的话对经常出错的我来说着实刺耳。实际上我也有过类似的情况：把联系老主顾的事忘得一干二净却不诚实上报，然后一边争取时间，一边私下里慌兮兮地跟老主顾联络，最终勉强对上了账目。

"这些人大概是害怕外人对自己的评价变差吧。"

"唉，这个倒是可以理解。"

我脑海中再次浮现出同一个人的身影——广告宣传部的那个瘦瘦高高、戴眼镜的老员工。

这时，小森课长突然尖锐地发问："你现在是不是想起了门仓课长？"手握方向盘的我不由得浑身一颤，差点儿追问她：您是怎么知道的？

"门仓课长和您是前后脚进公司的吧？"我抛出这句问话，用来掩饰内心的慌张。

"没错，点头哈腰的门仓君。"

"点头哈腰？"我本能地反问，但这个绰号的由来不难想象。门仓课长性格沉稳，既不会对部下发火，也不会给人打无意义的鸡血。然而，他既不是点子王，沟通能力也不算强。饶是没有任何拿得出手的技能，仍然坐上了说得过去的位置，没有别的原因，只是因为他擅长赔罪。准确地说，是不讨厌赔罪。这是包括我在内所有年轻员工的共识。

每次看见门仓课长，他都在向人道歉。就像动物园里的熊猫无论何时都在呼呼大睡，鲸头鹳无论何时都一动不动一样，门仓课长无论何时都在点头哈腰。要么是在公司里的某个地方，要么是在客户那里，门仓课长永远可以低头弯腰，诚恳地向对方谢罪："非常抱歉！"他个子高，一弯腰就很显眼。

"道歉到他那个程度，就有点儿过犹不及的嫌疑了。"小森课长笑了，"以前他还动不动就给人下跪，可被他跪的人也很为难，领导就跟他发了一通脾气，叫他以后不许再跪。"

我几乎可以想象门仓课长对领导一边下跪，一边却为自己的下跪道歉的样子。

"这是道歉的勇气过剩了吧？"

"那种情景就跟勇气没关系了，是缺乏自尊吧。"

"自尊吗？"

"看着门仓君那样，我就很好奇：他活着到底在享受什么呢？"

"也许他在家里是个大男子主义者呢？"如果有这种反差，人生的乐趣说不定还能多些。

——你这人没有冲劲儿啊。

两年前，交往中的女人因为厌倦而离开了我，也就是说，我因被女方贴上"靠不住"的标签而分手。在我看来，如果把世上的男人粗略地分成两类，我和门仓课长多半会被归作同一类。由此，我对他产生了某种惺惺相惜之情。

"才不是呢。门仓君是个妻管严，他太太很严厉的。所以他时不时会买彩票，你知道吗？"

"彩票？"

"大概是想着中了大奖就炒了公司的鱿鱼吧，顺便也把老婆休掉什么的。"

　　"我有时候也会幻想，如果中了大奖就辞掉工作。"

　　小森课长发出一阵干笑。

# 归乡的少年

"这么长时间，你上哪儿去了啊？"

眼前的孩子对我发问。说是孩子，其实他和我一样大，也就是说，我也不过是个孩子。可久违的重逢使这群人显得幼稚了许多。

"那架飞机是怎么回事？你之前上哪儿去了？"站在他们正中间的男孩就是先前带头欺负人的领导者，他鼓着脸颊说，"你老爸可是大为光火呢。"

两年前的我，渴望逃离这帮欺负人的家伙，逃离只会对我动手没有其他能耐的父亲。我在广阔的岸滩上拼命奔跑，就在以为万事休矣，准备放弃的时候，被特工晴人搭救。他圆满执行了入侵附近敌军基地的任务，带我坐滑翔机逃出了这片令生活满是阴郁的土地。

"说起来，你当时把我打了一顿吧？"那个脸蛋胖嘟嘟的男孩坏笑着从这群孩子中走出来。

我很震惊：为什么？他为什么如此盛气凌人？

这两年来，我跟在特工晴人身边，接受怎么也算不上轻松的训练。过去这一年，我也参加过几次作战。说来也巧，一年前，我的第一次实战任务就是在这片土地上执行的。不管怎么说，如今的我和只能以欺负弱小来泄愤的他们相比，无论是在臂力，还是在身手和技巧上，都有着云泥之差。尽管如此，对方态度依然如此强势，令我难以置信。这意味着，他们竟然看不出自己与即将交手之人的力量差距。

他们对我依然是一副轻蔑的态度。

"喂，你打算怎么补偿我？当时的伤到现在还没好呢。"说话间，他的右手朝我的肩膀袭来。不等大脑思考，我的身体已经做出反应，躲开了他的手。

看到对方吃惊的表情，我也吃了一惊。

眼下不是和人起冲突的时候。

我刚刚才从被我入侵了的敌军基地里面出来。去年，我和特工晴人一起到这里窃取过敌方新型战斗机的情报，而此行的目的是破坏基地内的计算机。

"你一个人能行吧？"特工晴人问。

"行。"我明确地回答。第一次接到独立任务，倒也不能说是完全不紧张吧，但自信也是有的。

事实也证明了这一点。任务难度不大，我只在找计算机的位置时费了些心思。定时炸弹我已经设置好了，目前要做的事只剩下打道回府，却在这时撞上了这帮家伙。

——尽快离开，暂时放他们一马是上策。我告诫自己。

说老实话，我真想现在就把这帮家伙掀翻在地，说得更详细些，是将他们暴打一顿，打得体无完肤。两年前的我仿佛站在现在的我身后。那时忍着屈辱和苦痛在黑暗中匍匐向前才勉强活下来的我，一定希望现在的我给他们点儿颜色看看——上啊，不用客气！

只是，眼下不宜在这里出风头。

我安装的定时炸弹马上就要启动了，那样一来，基地肯定会派出追兵。到时候，这群被我打倒在地的人很可能将我出卖。一番"是谁打伤了你们""其实是那个少年"的对话下来，让敌方知道我的信息就糟了——其实我也不知道这会对局面有什么影响，但至少会让特工晴人失望。这一点，很糟糕。

因此我没有出手，而是拦下对方的拳头，一边说着"好了好了，饶了我吧"的敷衍台词，一边准备撤离现场。而他们却像狩猎般追来，和两年前一样将我包围。

总是挨打，我心有不甘。

突然间，我想起特工晴人的教诲。

"你听着，如果道歉能解决问题，事情就好办了。万不得已时再动真格的。"

"老是道歉，也会让人瞧不起的。"

"让人瞧不起又不会少块肉，重要的是把该做的事做了。"

"即使伤害自己的尊严，也无所谓吗？"

"尊严？"特工晴人忽然笑了，"尊严这玩意儿，能有什么用？正确评价自身当然很重要，但道个歉就会短一截的尊严，也没必要心疼它。越是强调没面子、无地自容的家伙，越是缺乏自信。如果真的相信自己，那么无论周围的人怎么想，都和你无关。"

听他这样说，我忽然惶恐起来："那所谓的尊严，究竟是什么呢？"

那帮欺负人的孩子仍然对我步步紧逼。

早已将搏斗甚至杀人技巧熟稔于心的特工和欺负人的小孩——我们连身份都已天差地别，他们却连这一点都没有意识到。

正当我决定要速战速决时，忽然想起一件事。

"对了，有件事我一直想问——"用肩膀接下对面的拳头后，我说。

"什么啊？"对方说不定以为自己的拳头起了作用。

"两年前你们追我的时候，我是坐滑翔机走的。但是，那架滑翔机里没有引擎，可它却起飞了。我不清楚当时究竟发生了什么。"

当时手握操纵杆的特工晴人也无法回答这个问题。事到如今，"想解开这个谜"仍然是我和他共同的心愿。

那帮家伙面面相觑："没有引擎？起飞了却没引擎？"

"是的。它是怎么起飞的呢？"

"你这个人——"正中间的少年鼻孔大张，"请教别人问题，怎么能是这个态度？低下头虚心求教才是合乎情理的做法吧！"

根本没有这样的情理或规矩——我心里想着，却诚恳地低下头拜托他："请告诉我吧。"

"你这脑袋还是太高了啊。我是要你跪下来乞求！"

唉，我叹了口气。只要我愿意，分明就可以戳破这家伙的喉咙，但还是算了。我边想边跪在地上。

——所谓的尊严，究竟是什么呢？

特工晴人对这个问题的回答在我脑海中苏醒。

"尊严？那不过是一种说辞罢了。"

# 名誉扫地的男人

"啊，我这边吵不吵？"东北新干线上，坐在我身旁的门仓课长摘下耳机问。

"欸？"我一时有些糊涂，后来意识到，他应该是担心自己的耳机声音外漏，"不吵。"

"我想学一学英语口语。"

"您要去国外旅行吗？"

"我还一次都没去过呢。"门仓课长脸红了，像是有些不好意思。

"哦。"说话间，我不由得感到惊奇：前两天才和小森课长聊到门仓课长的事，没想到紧接着就和他一起出差了。

福岛县的猪苗代湖成了广告宣传部企划的活动候选地之一，需要事先探查相关情况。公司似乎任命门仓课长为这项工作的负责人。

"大家都很忙，好像就我最清闲，那我就毛遂自荐了。"

门仓课长主动解释。接下来，公司以猪苗代湖离我的老家很近、我相对熟悉为由，派销售部的我与门仓课长同行。

您这话的意思是我也很清闲吗！我将这句吐槽咽回了肚子里。

"别说国外了，就连猪苗代湖我都是第一次去呢。"门仓课长说着，像小学生似的两眼放光，"那是个不错的地方吧？"

"是啊。很安静，视野开阔，也很漂亮。我挺喜欢的。不过，就是什么都没有。"

"什么都没有？"门仓课长露出惊讶的神色。

"嗯，没什么特别的东西。"

"不是有湖吗？"

"啊，湖，那当然是有的。"

"那不就行了嘛。"门仓课长的表情舒缓下来，"有湖就行了。"

我不知道他的话有几分是认真的，只能回答："嗯，是吧。"

或许，我心里还抱有几分期待，以为在公司只顾道歉、人见犹怜的门仓课长，其实内心也有硬气的一面。尽管是一次当日往返的短暂出差，在新干线或车里聊天的时候，我说不定能发现他的厉害之处。

但遗憾的是，事实证明，随着出行时间的拉长，门仓课长的经典形象在我心中不但没有褪淡，反而愈加清晰地印证了我的原有印象和其他人的闲言碎语。

就连自己的咖啡被在车厢里贩售商品的女人撞到，洒出一些的时候，门仓课长都比对面的女人弯腰弯得更深，然后说出"对不起"。坐在他前面的男人把椅子靠背向后倒得很厉害时，他也好言好语地拜托对方："实在不好意思，能不能请您稍微往前坐一些？"反倒是对方怒气冲冲。我看得火冒三丈，忍不住想给那个人几句："本来啊——"但刚一开口就被门仓课长制止："算了算了。"他眯缝着眼拦住我，看不出脸上的表情是哭还是笑。

唠家常的时候，我有意打听他家里人的情况。他从"我在老婆面前抬不起头来"开始说起，谈及女儿的时候，也是"三个女儿大概只认可我赚钱养家的部分吧。说起来，最近我在街上遇见二女儿，她还装作不认识我"；还有什么"老婆总教育女儿们，以后不能嫁给像你们的爸爸这样的人"之类的话，非但没有出乎意料的收获，还和我预计的完全一致，都是些毫无新意的内容。再就是一些丢人现眼的趣闻——"我在电视上看到重量级拳击冠军是日本人的消息，激动得振臂欢呼，把胳膊弄脱臼了"，诸如此类。

我想起前几天在摇滚节上听到的那支乐队的歌。


　　认输吧
　　夹着尾巴逃跑吧
　　Hey
　　呼救吧

苦笑着死心吧

尊严是什么
尊严这东西
根本就不存在嘛

做一只丧家犬有什么不好？清澈的歌声让我产生了快乐的共鸣。

只不过，光是认输还不算丧家犬。永远无法获胜大概也不算丧家犬。

失败者和丧家犬不同。

知道自己肯定会输，干脆欣然接受，心想"好的好的，输了也挺好，输就输吧"——人一旦产生了这种心态，也许就会成为丧家犬。

明明自己没有过错却要道歉的门仓课长，仿佛连"尊严"的"尊"字都不知道怎么写。我想，这才是地道的丧家犬姿态。

我们开着租来的车子从郡山站往猪苗代湖的路上，坐在副驾驶座位上的门仓课长说："哎呀，抱歉哦，让你开车。家里没车，我的驾照就跟废纸一样。"

我不禁脱口而出："课长。"

"怎么了？"

"那个……"话音刚落，我心里的两个自己就开始争论。一个自己劝我别多嘴，另一个自己则嚷着"不说就受不了了"。两个自己剑拔弩张。

最终，我还是问了出来："课长，您一天到晚地道歉，不会觉得很累吗？"

"欸？"

"您总在道歉。"这样太丢人、太羞耻了——我忍着没说后面半句话。

"可是，犯了错不道歉是不行的。"

"您没犯错的时候，不是也在道歉吗？"

"是吗……"门仓课长似乎没有头绪，"这我倒是没太注意呢。"

他这种说法，不禁让我想起那些没做什么惊天动地的事，只凭日常生活中的一举手一投足就能吸引异性关注的人。他们在被问及其中的秘诀时，往往有些惶恐地回答："这个嘛，我自己倒是没注意过。"

"不过，如果道歉就能解决问题，那没有比这更好的解决办法了。当然，国家之间的事就没那么简单，国际关系和人际关系完全是两码事，不能混为一谈。单纯的人际交往之中，与其不高明地固执己见，还不如老实地道歉，或许能让事情的进展更加顺利。"

"是这样吗？"

"也许那种越是说着'有失身份'、大发脾气的人，越是没什么价值哦。"

"是这样吗？"我又重复了一次。

"是这样的啊。"门仓课长断言。这时的他，倒是也有了几分果敢和帅气。

我想，每个人的活法不同，既然门仓课长有自己的信念，那他这种活法或许也是伟大的。

然而，抵达猪苗代湖的时候，这些想法早已像失效的魔法一样消散，我又恢复了冷静 —— 那种活法果然还是太丢人了。

# 归乡的少年

两年前，我和特工晴人乘坐的那架没有引擎的滑翔机，到底是怎么起飞的？

如果能解开这个谜，特工晴人一定会夸奖我吧。想到这里，我决心豁出去了。

请告诉我吧，求求你了——就在我要当场下跪的那个瞬间，伴着一声巨响，左前方的远处升起浓烟。

是炸弹爆炸了吧。

我看了一眼表，果然和我设定的爆炸时间吻合。

一时间地动山摇，包围我的那群欺负人的孩子也慌乱地东张西望："怎么回事？怎么回事？"接着有人大喊："爆炸了！爆炸了！"

没时间了，必须赶紧离开这里。

我转过身，朝来时坐的飞行器停放的方向走去。可他们追上来，又一次将我紧紧地围住。

"喂，你以为你能逃得掉吗？"对方冲着我喊。

那我也只能顺着他们回答了吧——我觉得能，而且游刃有余。

"……我想离开这里，赶快回家啊。"我想了想，只说了这样一句话。

"回家？回你老爸那儿吗？没想到到头来，你还是无处可去啊。"

又不是什么事都能随便拿来取笑的。

如果道歉能解决问题，事情就好办了——我再次想起特工晴人这句话，于是低下头说道："很抱歉，但这次希望你们放我一马。"

对方打了我低下的头，但我不介意。

眼下刻不容缓，必须马上撤离。

然而，这帮人死缠烂打，横拖竖拉，啰唆个不停，叫嚣个没完，就是不让我走。时间一分一秒地过去，当我意识到大事不妙的时候，已有一群全副武装的人从敌军基地赶来，将我们包围。

"你们几个，不许动！"对方端着枪，"你们在这里做什么？"

对方有十人左右。敌军多半是爆炸发生后在基地附近展开搜索，追查埋下定时炸弹的入侵者，也就是我。他们的行动很迅速，也可能是我太磨蹭了。

要怎么办呢？

那帮拦着我的时候威风得意的孩子，现在瑟缩个不停。他们被突然出现在眼前的十来架枪支吓呆了，傻愣愣地站着发抖。

"你们在这里做什么！"对方重复道。

我们能在这里做什么呢……我望着那群瑟瑟发抖的欺负人的孩子，爽快地答道："抱歉，他们刚才在这儿欺负我来着。"

别跟人家说这个啊！他们回过头向我使眼色。这些端着枪的人找的必然不是欺负人的孩子，按照这个逻辑解释下去，理应不会出岔子。

欺负？这帮小孩刚才在打架吗？

敌军面面相觑，似乎在商量些什么。我趁机一点点往远处挪，撤到人群之后。

只能找个机会逃跑了。假如他们开枪，我能躲得过吗？

脑海中浮现出无数种选择，每一种都很危险。

"对不起，我们要怎么做你们才能放了我们？"其中一个孩子几乎是哭着问出了这句话。

"这一切和我们无关啊。"为首的孩子也哭了。

要是敌军能放过我们就太好了。我保持着双手举过头顶的姿势，目不转睛地观察这群端着枪的人。

我暗自期待他们离开，放掉这群孩子。

然而，现实可没有那么乐观。看啊，那个站在持枪队列正中间的男人不是说了吗？他说："上面说了，可疑的人全都抓走。把这群人抓回去。"

欺负人的孩子们惨叫着，在无限的恐惧中蹲了下去。

"若有人抵抗，直接射杀。"

怎么办？我苦思冥想。看来这一回，道歉是解决不了问题的。

# 名誉扫地的男人

在郡山站等回程的新干线时，我们来到一家开在车站里面的咖啡厅。

门仓课长说着他到访猪苗代湖的感想。在我看来，那不过是和平日里没有区别、一如往常的猪苗代湖，第一次见到它的门仓课长却说了好几次"不错嘛，真漂亮"。不过，有人对我故乡的"英雄"赞不绝口，我当然不会反感。

"这地方很适合拍广告宣传片，看来我们能出一份很好的报告。"

"哦，是吗。"我没有别的想法，只是漫不经心地应和了一句。

眼前这人露出一个老好人般的笑容："我要是在家里吃这个，家人就会一脸嫌弃，觉得我像个小孩。"门仓课长香甜地吃着廉价的蛋糕。看着他那副模样，我不禁有些难过，仿佛忽然间看到了未来的自己。

多余的话本来就不该说。

这是我去年深刻领悟的道理。顺应现场的气氛说出伤人的话之后，我陷入自我厌恶之中，每天都很难受。

所以我明白，现在也不该多嘴。门仓先生，您总是道歉，难道没有尊严吗？您的人生快乐吗？我将涌到嘴边的话拼命咽回肚中。

"门仓课长，您平时有买彩票的习惯吗？"我主动聊起另一个话题，"前几天，我听小森课长说来着。"

"哦，她真是干劲十足啊。"

您不会不甘心吗？我咽下这句话，转而问道："如果中了大奖，您打算怎么办？"

"以前呢，我的想法是，要是中了头奖，就辞掉工作，自由地生活。"

"以前？"

"是啊。毕竟现在这份工作，我没有那么讨厌。"

"可是您不是一直在道歉吗？"糟了，一不留神，我还是触及了这个话题。不过门仓课长似乎并不怎么介意，他沉稳地微笑着："道歉也是需要技术和经验的。"

"可要是中了头奖，难道不该另当别论吗？"

"头奖也一样吧。不过，我那次中的是前后奖[1]。"

"欸？"我几乎以为自己听错了，"您说什么？"

---

1　日本彩票的奖励规则之一。比如头奖是第七组90000号，那么第七组90001号和第七组89999号就是该彩票的前后奖。——编者注

"嗯？前后奖。"

"欸？您中了前后奖吗？"

"准确地说，是后奖。上次的梦想巨奖[1]，我是头奖编号的后一位。"

"梦想巨奖的前后奖？那应该很多钱吧？"

门仓课长脸上没有一点儿兴奋的表情，平淡地点头继续道："是啊，差不多一亿日元吧。"

我差点儿尖叫起来，反复说着："您等会儿，您等会儿。"

"等是可以等，不过要等什么啊？"

"您说的这个，是真事？"

"我骗你干吗？"

"这种事是可以说的吗？"

"'可以说的吗'是什么意思？"

"让别人知道您中了那么多钱，不会很危险吗？"就连此时此刻，我都担心隔墙有耳。要是被图谋不轨的人知道了，门仓课长岂不是会有遭遇抢劫或敲诈的风险？

"哦，不要紧，不要紧。"门仓课长露齿一笑，"我都捐掉了。"

"……啊？"我开始怀疑自己的耳朵。

"嗯，我都捐了。当时正好看到一则新闻，有人在筹孩子的手术费，需要器官移植什么的，很可怜的。而且看那孩子的

---

1　是一种面向全日本贩售的大型人气彩票，中奖金额巨大。

病情，好像还必须去海外做手术。"

"欸，真的吗？"

"是啊，机票钱什么的，都是一笔巨大的开销。那家人实在太可怜了。"

"呃，我问的不是这个。您真的把奖金捐掉了？"

"是啊。"

"'是啊'……难道您全都捐了？"

"要是让我的家人知道就麻烦了，所以你不要说出去哦。"

"可以这样的吗？"门仓课长的话说得一清二楚，可我似乎还是理解不了。

"我这么做，是不是不太好啊？"

"不……不是不好。只是，您不觉得可惜吗？"我的声音发颤。

"也没什么好可惜的。因为我买那彩票只花了三千日元。"

"不是吧！"我忍不住爆发出来。我原以为在我眼前吃蛋糕的门仓课长是头只会道歉的丧家犬，可现在，他的形象忽然高大起来。

"买彩票这种事，享受的是那份期待中奖的兴奋，真的中了，反而就没什么大不了的了。"

我完全无法赞同。

尽管我想这么说，但此时的门仓课长仿佛浑身散发着夺目的光芒，我为那温暖的光辉所陶醉。

很帅气。

我甚至不知道是否该这样说。尽管已经不知道该如何形容门仓课长这个人，但至少目前可以确定，他绝不是条丧家犬——我是这样觉得的。

"啊，刚才的话请替我保密哦。捐赠这种事，听起来蛮伪善的。"

课长，您真厉害。

我耳边再次响起那支乐队的歌：

尊严是什么！
尊严就是尊和严！

所谓的尊严，不过是一种说辞罢了。

我慢慢高兴起来，心情开始变得舒畅。

但紧接着，门仓课长突然拍了拍自己的西服，一面嘟囔着"哎哟"，一面在包里摸索起来。

我问他怎么了，他哭丧着脸说手机不见了："可能是掉在哪儿了。"

真不知道他是帅还是逊啊——我苦笑着提议："我给您打个电话试试吧？"

# 归乡的少年

一开始，我不知道发生了什么。不知道震动、声音和光究竟哪个先来，哪个后到，或者是三者同时出现。

总之，端着枪的人们的身后不远处突然开始摇动。由于在同一片岸滩上，我的脚下自然也开始震颤。

地底下或许埋着一个会发光的物体，而且状如托盘，体积相当可观。那东西唱起一段旋律，巨大的声音令现场的每个人都捂住了耳朵。

我也捂住了耳朵，但立刻意识到，必须趁此机会逃跑。

震动和巨响使我两腿频频发软，但我硬撑着向前跑。敌人有可能从我身后开枪，但在如此剧烈的晃动中，恐怕也很难瞄准。

我心无旁骛地奔跑，尽量往草木茂盛的地方扎。喷气式蝉机——去年从这个基地抢过来的一架用驯化蝉做的飞行器，我们给它取了名字——在等着我，我跳了上去。

我操纵听诊器形状的控制器，喷气式蝉机顷刻间腾空而起。

喷气式蝉机随着振翅声加快速度。我从上空俯瞰，刚才的那个地方仍然光芒四射。

第
四
年

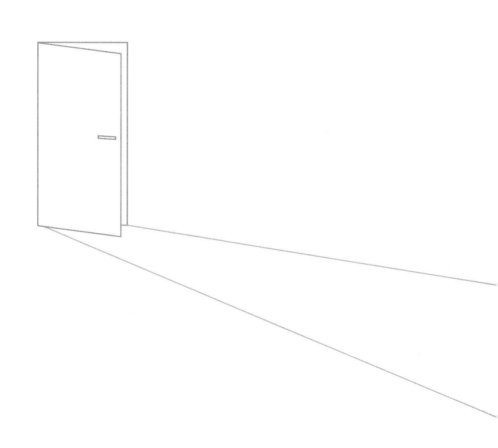

# 加入公司三年的男人

　　就职的第三年，我在工作上逐渐驾轻就熟，老员工的牢骚也已经听得我耳朵起了茧子——"第三年往往是最糟糕的。明明还嫩得很，心里却觉得自己是老手了，开始在新人面前装前辈了。"

　　销售部的领导对我说："到第三年的时候，大家都开始心生邪念，诸如想跟老客户那边的女孩子约会什么的。"我暗自嫌弃"约会"一词的迂腐，勉强咽下话到嘴边的反驳：对所有生物来说，恋爱的欲望非但不是邪念，反而是极为正统、极为认真的需求。

　　我也已经很少想起那个批判学生时期吊儿郎当的我"没有冲劲儿"，最后离我而去的前女友了。

　　那件事发生在某个加班的夜晚。

　　那天，我没做完第二天要用的资料。准确地说，是在保存前不小心删除了一部分，于是不得不像苦行僧一般从头来过。

总算整理好才发现，部门里的大部分同事都已经下班，屋里已经很暗了。

最后一个出楼层的员工，需要进行锁门等一系列安保操作。我打算趁此机会，看看还在加班的其他员工在做什么，于是朝亮着灯的那片区域走去。

我看到了她，一位比我早进公司的前辈。

她正蹲在地上——说跪在地上更准确些。我的第一反应是她在玩玩具车，实际上，她的姿势无异于按着玩具车让它在地上跑，同时保持着近距离的观察。

仔细一看，我却发现她手底下的不是玩具车，而是一只倒扣的马克杯。我无语了，以为自己看到了什么不该看到的怪诞行径。

她意识到身边有人，维持着跪在地上的姿势抬起头："啊，松岛，怎么了吗？"

我微微惊讶，没想到她竟然知道我的名字。不过，我也知道她姓天野。论在公司的年头，她应该比我早两届。

"我在加班。"

"我也是。"

"请问，您这是加班做什么呢？"把马克杯按在地板上摩擦，和我们的工作有关吗？

她仿佛终于明白了我的困惑，笑道："哦，这个啊。"

"你想知道？"她接着说。

"愿闻其详。"

"这里发生了一起超乎想象的恐怖事件，我实在是束手无策了。"

"嗯……"

接下来她描述的，的确是让人汗毛直竖的可怕情景。原来，是那个东西出现了——

蟑螂。

在深夜的公司地板上现身的黑光锃亮的蟑螂，令人毛骨悚然。

她大惊失色，想着总得处理一下，于是付诸行动。可既下不去手将它拍烂，也不能徒手将它抓住，到头来——"我突然看见了这个，就用它给扣住了。"她指着马克杯。

"所以说，这里面……"

"没错，那只虫在里头。"

我真想惨叫一声，撤离现场。然而，眼看着一个女人走投无路却见死不救，到底是太丢人了。

"那您打算怎么办？"

"我也不知道。"

马克杯里扣着一只蟑螂，虽说是扣住了，问题却没有解决。一挪开杯子，蟑螂又会跑掉。

"要不然，找一张薄纸什么的，沿着地板和马克杯的缝隙塞进去？"

"塞进去又能怎么样呢？"她一副像是在问"怎么能做这样恐怖的事"的表情，语气有些愠怒，"那你来弄啊！"

"我不要。"即便她是我的前辈，这个任务我还是难以接受。

"对吧？所以说，就这样慢慢移动它——"看来这就是她像推玩具车一般移动马克杯的原因，"把它移到墙边。"

"移到墙边之后，就有办法解决问题了吗？"如果能把杯子移动到户外或院子里，或许还能放出蟑螂，任其逃走，但这里是自己所在公司大楼的八层。而且，一想到这杯子里扣着一只虫子，我就忍不住要起鸡皮疙瘩。

"总比现在这样好吧？"

"或许是吧。可是，难道您打算就这样和它一起搭电梯吗？"

"松岛，你在取笑我吗？"

"岂敢岂敢。"

这件事最后是如何解决的呢？她把马克杯挪到房间角落的垃圾箱旁边，然后站起来："之后的事，嗯，总会有办法的吧。"

"会有办法吗？"我的脸一定在痉挛，"而且，那只马克杯要怎么办？"

"算了算了。"

"多可惜呀！"

她听我这样说，瞥了一眼那只印着时下流行的高级品牌标志的马克杯，又看了看自己工位对面的位置，耸耸肩说道："那杯子是课长的。"

我感到脸上又是一阵痉挛："所以说——"

"我下意识地就用了。"

"这是一句'下意识'就能解决的问题吗？"

"算了算了。"她双手朝上伸了个懒腰，紧接着说道，"我之前是课长的小三。"

后来我回忆这幕场景，总觉得她伸这个懒腰像是做了很大的心理建设，仿佛是主意已定，要挣断缚在自己身上的枷锁似的。

"您说什么？"

"他说要和太太分手，我相信了。到头来，我实在受不了了。所以这根本不算什么，一只马克杯而已。"

"哦……"我忽地词穷，不知道这时候该对她说什么好。

接着，她一脸的如释重负，开始收拾东西，准备回家。而我还站在原地，无法立刻返回自己的工位。

"三年啊，三年。"她拉上背包的拉锁，"我白白浪费了这么长的时间。"

　　时间和人的心情变得无法控制

仿佛是这句歌词引着我说出了下面的话："时间和情绪真是把握不住的东西啊。"

　　但除此以外

除了这两件事以外——

"不过，"我继续道，"除了时间和别人的心，剩下的一切总会有办法的。"

我的语气坚决，连自己都吓了一跳。

她也一瞬间瞪圆了眼睛，然后忽然笑了："松岛你啊，第三年的员工，果然了不得呢。"

# 救人于水火的少年

特工晴人也是怪可怜的。

我又听到了这句在总部听过的话。那天，我路过基地内部的会议室——其实我不是偶然路过，而是担心特工晴人，想打探到更多消息，所以特意在会议室外面晃悠。散会后，只听一位从会议室出来的高官说：

"真可怜啊，他肯定是被人陷害了。"

"成了派系斗争的牺牲品。"另一个人也不无同情地走漏了风声。

我早就听说了特工晴人潜入敌军基地后被抓的消息。就是三年前我逃离的故乡——说是故乡，其实我对那里没有丝毫眷恋——总之，基地就建在那片土地上。

又是那里。

两年前，我和特工晴人一起去过那里一趟；去年，我独自去执行了任务。每次都无法按计划收工，都是在千钧一发之际逃脱，所以在我心里，那里是片不祥之地。

最后一次见到特工晴人是在一星期前。我们在自己基地的餐厅吃饭，座位挨着。

当时我们聊了些什么来着？

"特工晴人，你都结婚了？"这或许是个突兀的问题，但我之前从没问过，于是便问了。想来，我对特工晴人的个人情况一无所知。"不久前，我听特工小原说的。"我补充道。

总吃零食的特工小原是一个贪吃的男人，嘴里总是不得闲，贪欲旺盛。作为谍报员，他的才华远在特工晴人之下，两人却不知为何经常搭档。

"是啊。我以前结过婚，但对方因病去世了。"

特工小原没和我说这个。如果他说了，我就不会提了。他这人真是不中用，倒是告诉我重点啊！我在心里暗骂着。

"原来是这样。"

"是啊。"

"你一个人很寂寞吧。"

"咳，算是吧。"

特工晴人点头，没露出半点儿寂寞的神色。

我们沉默了一会儿。没过多久，他说："要是能事先约定该多好。"

"约定？约定什么？"

"下辈子的事。"

"你说什么呢？"我压根儿不认为特工晴人是那种会相信

人有下辈子的人。

"之前我听过一首歌。"

"歌？"

> 定好见面的暗号吧
>
> 在下一颗星星上也会记得
>
> 先定下来吧，商量好吧
>
> 就趁现在
>
> 制订作战计划！

特工晴人有些不好意思地小声哼起这段旋律："要是我早点儿听到这首歌，就会提前和她约好。"

"和你妻子吗？"

"嗯，我觉得一定会有办法的。"

"什么办法？"

"时候到了，我们自然就能见到了吧。"

我不知道他的话里有几分认真，但也不忍心一笑而过，于是说："那你和我约定一下吧。"

"和你约定什么？"

"接头作战的暗号啊——当我们不知道对方位置的时候。"

"这就不用了吧。你不是已经可以独当一面了吗？"

大概就在这段对话的第二天，特工晴人出发前往敌军基地执行潜伏任务，不料被人揭穿身份抓了起来。消息传到了我方的阵营。

特工晴人也会失误，我很意外。但更令我震惊的是，高官们没有把此事看得很重，并未部署什么特别的对策。

而刚才，我又从开完会的人口中听到"被人陷害""成了派系斗争的牺牲品"之类的话。

说不定是某个看特工晴人不顺眼的人——准确地说是某群人——向敌方泄了密，从而使特工晴人暴露了真实身份。这群人必然也在我们的机关中占据一定势力。

怪不得上面没有认真制订救援计划的意思。目前的情况，说不定反倒如了他们的意。

不用为此烦恼。既然大家不去救他，那就只有我去了。想到特工晴人落单被抓的模样，一阵痛楚袭击了我，我几乎无法呼吸。

我意识到，这一次，自己成了救人的一方。原来我已经如此强大了。


我趁傍晚训练的时候溜出去，潜入基地仓库，坐上新式的飞行昆虫。两年前我们从那座敌军基地里抢来的喷气式蝉机确实很厉害，但缺点是翅膀的声音太吵。研究开发部后来尝试过诸多改良方式，始终无法达到理想的静音效果。最终不得不转而考虑其他昆虫，也就是蜉蝣。我在那片土地上目击过大量的蜉蝣同时出现。和蝉相比，蜉蝣小而轻薄，最难得的是飞行时安静许多。研究开发部饲养了蜉蝣，反复进行巨大化实验，终于成功羽化出蝉一般大小的蜉蝣品种。就在前不久，刚刚开放飞行昆虫的批量生产。

我飞跑着靠近蜉蝣，跳上它腹部的篮子，立即把麦克风抵在喉咙上，使其发出声音，启动飞行。这是我第一次操纵蜉蝣，但和开喷气式蝉机的方法区别不大。不如说，操纵这种交通工具本来就没什么技术含量可言。

# 加入公司三年的男人

　　那天晚上的马克杯事件之后，我和天野前辈的距离拉近了些。

　　说实话，我很倾慕她，但既然知道她刚刚结束和领导的不伦关系，我也不好立刻毛遂自荐，问她是否愿意考虑我。

　　只是后来，我们偶然共同负责了一个企划项目。也许是因为那次偶然的共事很愉快，她似乎也对我多了几分亲近。

　　尽管依然是公司同事、前辈和晚辈的关系，但我们一起吃饭、喝酒的次数还是比以前多了。

　　有趣的是，哪怕只发现一个小小的共同点，我们也会觉得是可喜可贺的好兆头。

　　"我是仙台人。"她的话音刚落，我就加重语气，探着身子说："我是会津人。"

　　宫城县和福岛县接壤，同样属于东北地区。不过出生于哪个县其实并不重要，全看当事人如何诠释。想自我感动的话，大可以感叹："太巧了，这两个地方竟然都在日本啊！"

所以，如果她不愿意配合，只要说一句"仙台和会津也没什么关系吧"，这个话题也就到此为止了。可她立刻提高了嗓门："啊！会津！小学毕业旅行的时候我去过。那会儿去了会津，还去了猪苗代湖，买了白虎刀。"

"白虎刀买来做什么了？"

我突然发现她的脸色一下子黯淡下来，以为自己说了什么不该说的，慌忙回味刚才的对话，却想不出哪里有问题。

"我想起来了，当时发生了一件恼人的事。"

"是我们猪苗代湖招待不周吗？"

"当时有个坏心眼的同学，把我很重要的东西扔到湖里去了。"

"那很重要的东西是？"

"是爸爸送给我的。"

"是什么呢？"

"有一天，爸爸突然说：'我们来制订作战计划吧！'"

"作战计划？什么作战？"

"那时我还在上小学，姐姐在上初中，爸爸说：'听着，今后你们的人生可能会遇上麻烦。不，是肯定会遇上麻烦。但没什么好怕的，大多数事情都会回归原点，所以一切都可以重来。'说是作战计划，倒也没有真的'作战'那么严重。"

她举起扎啤杯，大口喝着里面的啤酒。我的目光不由得在她的侧脸上多停留了一会儿。

"从那之后没多久，爸爸就去世了。他对我们隐瞒了自己的病情。"

"所以他那次才要和你们制订作战计划吧？"

"可是啊，尽管如此，我还是在毕业旅行的时候和同学在猪苗代湖打了起来，后来又当了领导的小三。人生中没发生过什么好事。"

"正是在这些情况下，作战计划才有意义呀。"我说，"不用慌，重来就好。"

"所以说，也没有到'作战'那么严重啦。"

# 救人于水火的少年

驾驶蜉蝣着陆后，我一直在那片宽广的土地上行走，用微型罗盘在昏暗的岸滩上把握大致的方向。没花多少时间，就抵达了敌人的基地。

尽管去年也来过，但我却不能掉以轻心。一年过去了，对方的安保技术也会有所提升，防范手段很可能是专门为我设计的。我一面在心里祈祷，一面将随身携带的安保破坏装置举过头顶，对准入口的大门。

我仿佛肩负着裁判胜负的任务——要判定这一年来，攻守双方、敌我之间，究竟谁的技术领先一步。

"咔嚓"一声，解锁的声音响起，我松了一口气。

今年也是我方获胜，有待明年再战。

我打断了自己的想法。明年再战？开什么玩笑，我再也不想来这里了。

我在敌军基地里迅速移动。脚上的微型鞋虽然是静音的，但出发时，我没来得及穿那件能使身体变透明的西装。要是被敌人看到，一切就全完了。

去年入侵时基地内部的平面图还在我脑子里，尽管有几处地方已经和去年不同，我还是能凭着记忆逐渐走向深处。

沿着一条窄路一直向前，前方出现了几个拐角。到底该走哪边呢？

"要是能事先约定该多好。"思绪混乱的我不可抑制地这样想。真该事先和他约好，如果落单了要在哪里会合、如何会合，用什么方式告诉对方自己的位置。

如果事先约好的话，会留下什么暗号呢？

留下印记，挥舞旗帜，散播味道，抑或是声音？

我会做的，顶多是学鸟叫声。想到这里，我大声学起鸟叫来，就像以前经常做的那样。

在敌军的基地里弄出一丁点儿声响都是危险的，更别说从喉咙里发出声音了。可不知道为什么，我就是无法停止这种粗心大意的举动，边学鸟叫边往前走。

很快，我就听见"咚"的一声闷响。有什么东西掉在或倒在了我身后的某处。

是特工晴人。他听见了我学的鸟叫，做出了反应。一定是这样。尽管没有任何证据，我还是确信这一点。或许是因为我当时也不够冷静吧。

从结论来说，我的直觉和带着盼望的预言是正确的。看来万事都值得赌上信任试试看。

我折回去，循着刚才声音的方向前进，又传来一声重物撞击的闷响。我凭着直觉向前走，发现一扇小门，从玻璃窗里窥探屋内的情况，只见一把椅子翻倒着，特工晴人被绑在椅子上。

我解开门锁，跑进屋子，冲向摔倒在地的特工晴人，铆足力气割断绑在他身上的绳索。

他发现来人是我，一脸惊讶。

"我来救你了。"真没想到，我会有对着特工晴人说出这句台词的一天，"你听到我的暗号了吗？"

"暗号？"

"我学了鸟叫。"

"那是你学的啊？我还以为门外有鸟，所以扭了扭身子，结果连人带椅子摔倒了。"

这倒也是，毕竟我们之前没商量过任何暗号。我管不了那么多，拉着他就往外走："我们逃跑吧。"

我们跑出了敌军基地。但特工晴人或许是被人在椅子上绑了太久，在逃跑的过程中摔倒了好几次。从第一次见面到现在，我还没见过他如此虚弱的样子，不由得心慌意乱。但我告诉自己：正因为如此，才需要我拉紧他向前逃。

"说实话，这回是我第一次觉得真的完了。"

"很遗憾，你现在还不能和你妻子会合。"

"是吗？"他笑得有些落寞。

我们踢开沙砾，攀上小山。大大的月亮悬在远处，仿佛气定神闲地望着我们，无疑是一副观战的架势。

"肯定有人向敌方泄露了情报。"

"有这么严重吗？"

"是派系斗争导致的。话说，你是哪派的？"

"你应该知道的，和我关系好的人只有小原。"

虽然我不知道机关里有多少派系，但说不定正因为特工晴人不属于任何一派，才会被很多人提防，被认为是危险的存在。

"啊，说起来，我掌握了敌人的一个情报呢。"

特工晴人在我身后不远的地方上气不接下气地说着。都已经自身难保了，他还想着谍报员的工作吗？

"难道他们又造了新的飞行昆虫？咱们的蜉蝣也不差嘛。"我同时告诉他，自己就是开着它来的。

"不，不是交通工具。那东西还没完成，但体积很大。"

"是什么呢？"

"它会动，应该说是会摇晃吧。我看了他们基地里的资料，据说是以某个类似于巨大遗迹的东西为蓝本建造的，那东西是很久以前漂流到这里的。"

"巨大遗迹？"

"他们好像在参考那东西做研究，希望将其投入实际应用。"

我脚下一滑，差点儿摔倒，脚掌拼命地抓着地，鞋底的沙砾丝丝缕缕地崩落。

"我们赶紧回去吧。"

"回哪里去？"

"当然是——"我的话戛然而止。还能回那个机关吗？回到陷害特工晴人的高官们的眼皮底下？但我们也没有别的地方可去。

就在这时，伴着一声刺耳的声响，脚下的大地突然炸裂开来。

有人从后面开枪。刚才那一枪应该是避开目标的威慑式射击，但我们如果再逃，下一枪一定会真的瞄准我们。

回过头，身后有三个全副武装的敌人，个个端着能连续射击的枪。

我和特工晴人面对他们，举起手来。

又是这样。

去年和前年也一样。只要来到这里，就会是这个下场——在岸滩上被敌人包围。

这样的戏码重复上演，简直像在执行有人随意写的剧本，或参加某种一年一度的活动。

回过神，我发现身后也已经有几个全副武装的人赶来，枪口齐刷刷地对准了我们。

"这就有点儿……"我说，"糟糕了呢。"

"抱歉啊，连累你了。"特工晴人忽然嘟囔了一句。

"没什么。"我是心甘情愿这样做的，"如果没有你的搭救，我的生命早就在这里结束了。"

"真该事先约好啊。"

"约好什么？"

"下次见面时的会合暗号。"

他之前教我的那首歌，仿佛在耳边响起。

定好见面的暗号吧

在下一颗星星上也会记得

先定下来吧，商量好吧

就趁现在

制订作战计划！

眼前的敌人大概是一心想要开枪，我们没有投降或交涉的余地。毫无疑问，只要有人发出信号，他们就会立即将我们击杀。

几乎就在我这样想的同时，其中一个敌人大喊："射击！"

作为一名训练有素的谍报员，我理应睁着眼睛面对一切。即使是在死亡面前，也该坚强地直面现实。

然而，我却在那一瞬间闭上了双眼。我没有特意去考证这一点，但应该没错。因为我的眼前忽然一片漆黑。

希望在下一颗星星上，我和特工晴人还能相遇。

# 加入公司三年的男人

"反正要来一趟，那还是白天来比较好啊。"她笑着说。

我们从猪苗代湖的停车场走向岸滩。

没想到，有一天我会和她来这里。

去年，公司参与的那场在猪苗代湖召开的活动意外地大获好评，如此一来，主办方决定今年再办一场。不知是谁提议，做企划时将活动范围从猪苗代湖扩大到会津若松、郡山等地。又不知是谁指名道："你们俩，写个企划案看看。"这其中的"你们俩"，就是我和她——之前说过的天野。

和相关人士碰过头，开着租来的车子行驶在回郡山站的路上，我坐在副驾驶的位置，看到广告牌上的"猪苗代湖"字样，没有多想便开口道："我们去猪苗代湖看看吧。"

"猪苗代湖？你不是去过吗？"

"你之前不是说过嘛，在那里有不好的回忆。"

"嗯，有同学对我使坏。"

"时间和别人的心是把握不住的两样东西。但除此以外，一切总会有办法的。"

"总会有什么办法呢？"

总会有办法的
除了那两件事以外
总能改变这一切的

无论是倒带、重播、快进、停止
还是狠心删除全部

"虽然无法回到过去再重来，但可以到讨厌的地方，覆盖糟糕的回忆。"

"覆盖？"她手握方向盘，沉默了一会儿笑了，"你该不会想说'用和我一起创造的美好回忆覆盖'吧？"

"我可没说。"

应该再早点儿来的。太阳已经彻底西沉，天色暗淡，四周也没有人。别说覆盖了，眼前的风景恐怕和她毕业旅行时看到的都截然不同。

"去年我是和门仓课长来的。"走在树林间的时候，我回忆着。

"门仓课长？哦，是他啊。"

"对，是他。他很厉害的。"

"厉害？哪里厉害？"那样没出息的人——我知道她想说这个。

我本想告诉她去年得知的门仓课长的秘密，却意识到不该随意泄密。

"嗯，各方面吧。"我含糊其词，最后只是说，"去年他把手机落在这里了。"

"你所谓的'厉害'，是这个意思啊？"

外人对门仓课长的看法只怕是难以挽回了。"对了，毕业旅行的时候，他们把你的什么东西扔进了湖里？"我转换了话题，"刚刚没听你说完。"

我们走到岸滩上。黑暗的夜幕已几乎落了下来，但月光照耀下的湖面宛如一面巨大的镜子，映照着天空。湖面震荡出细细的波纹，美不胜收。

"那个同学把爸爸给我的护身符扔进了湖里，它是我很珍惜的护身符。"

"扔了你的护身符？"这的确很过分。

"他们以为护身符会浮起来，顺着水流回到岸边。"

"护身符是浮不起来的啊。"

"那是——"她的话说到一半，看到我手里的东西，"啊，那个放在车里就好了呀。"

顺着她的目光看去，我才发现自己手里拎着和相关人士碰头的时候对方送的礼物纸袋。刚才我似乎没过脑子，直接拎着它下车了。

　　我往袋子里瞄了瞄，取出那只黑色的马克杯："这个很雅致，蛮帅气的哦。"好像是郡山的咖啡厅用的那种杯子，上面印着商标。

　　"啊，马克杯。"

　　看她一脸苦笑，我就知道她肯定想起了那天加班的逸事。

　　"不过，那幕场景的确让我很震撼。"

　　我眼前浮现出她按着倒扣在地板上的马克杯，将它向前滑动的模样。杯子里那只虫子最后是什么下场，我们谁也不知道。

　　"那天啊……"如今回想起来，她大概有些不好意思了，说话时支支吾吾的，也许是想起了和自己发生不伦之恋的领导。想到这个，我就觉得闹心。为了赶走心里乱蓬蓬的念头，我把纸袋放在一旁，拿着马克杯走出几步，把它放在岸滩上，杯口朝下按住："你那天，是这样的哦——"

　　"不用模仿了。"

　　"而且还把杯子'哗啦啦'地往前移，真是吓我一跳。"我略微蹲下身，安静地在岸滩上挪动马克杯。

　　她苦笑着叹气："好好的一只新杯子让你给沾上沙子了，真叫人难以置信。"

　　亏你也用别人的马克杯抓过蟑螂——话到嘴边，我却从容地将这句话咽了下去。

# 救人于水火的少年

四周一片漆黑，以至于我深信眼前这一幕是自己被枪决后的景象。即便是听到特工晴人在我身边说："发生什么了？"我也以为我们是很快就在死后的世界重逢了。

耳边传来一阵声响。是金属和金属碰撞的短促声音，而且连续不停。

枪声？

"这是什么？"特工晴人惊讶地问。

"你说的'这个'是哪个？"

"我们周围不是有像墙壁似的东西吗？"

尽管没有照明，看不清楚，但我也发现，确实有一圈墙壁将我们围在里面。莫非我们是因为"这个"才没挨枪子儿？

"这是什么啊？从哪里冒出来的？"

"不知道。"

紧接着，四周的墙壁就开始移动起来。

墙壁切开沙砾，迎着我们而来。我们后退，但墙壁仍在移动。迎面而来的墙壁速度不快，所以我们不至于被其碾压。可它移动到哪里才算到了一站呢？这一点实在是令人恐惧。被墙壁切开的沙砾在墙壁内越堆越高，说不定迟早会将我们吞没。

我和特工晴人并排向后退，顾不上交谈。

不久，墙壁停止了运动。

然后，天忽地亮了。墙壁突然腾空而起，凭空消失了。

混乱之中，我的大脑一片空白。

"我们走！"

特工晴人比我冷静。他肯定也搞不清目前的状况，但还是意识到眼下的时机千载难逢。姜还是老的辣。

我们踢蹬着沙砾，奔跑起来。我没出声，只是勉强指了指蜉蝣停靠的位置，他便理解了我的意思。

敌人已经被我们甩得很远。我们藏在那一圈谜一般的墙壁里，似乎已经移动了相当一段距离。

我们跑得上气不接下气，总算跑到蜉蝣那里，危机感又在我脑海中掠过："可以就这样回那个基地吗？"

可是，我们没有别的选择。

我们跳进安在蜉蝣腹部的篮子，特工晴人刚坐进来，我就启动了飞行。

蜉蝣安静地起飞，流畅地划过夜空。一次盘旋之际，岸滩尽收眼底。

我看到了一个巨大的红色物体，它的一半都埋在了沙砾中。这个明显不属于岸滩的东西吸引了我的目光。

"就是它。敌军好像在以它为蓝本做研发。他们一般用昆虫做军事武器，这种情况很少见。"

"那是个什么东西？"

"好像是很久以前被冲到这片岸滩上的一个圆球状物体，被敌军称作'巨大遗迹'。听说它无论怎样都不会倒。"

"不会倒？"

"准确地说，是倒了也能爬起来，且绝不会陷入沉睡状态。我听说，敌方在研究它的构造。"

"他们竟会研究那种东西……"敌军的技术令我感到恐惧。

岸滩在我眼中逐渐缩小，但我一直能看到那抹红色。

# 加入公司三年的男人

"啊！"她突然大喊一声。我不知道发生了什么，只见她蹲下身，手指伸到沙子里，然后抓起一个橡胶棒球大小的物件。

"天哪！就是它！"

我赶忙跑过去，看到一个达摩[1]似的人偶。那像是树脂做的，长相可爱，一看就知道是个不倒翁。她用手机的手电筒照着端详。

"这就是毕业旅行的时候，被同学扔到湖里的东西！"

"欸？不是吧？你刚刚说被扔掉的是个护身符啊。"

"爸爸说过，人生就算会遇上麻烦，大多数事情还是会回归原点。"

"在制订作战计划的时候。"

---

1　指日本民间以达摩大师坐禅形象为蓝本制成的不倒翁吉祥物，也称"小法师"，用于祈福、许愿。

"对。这是他当时送给我的—— 一个有些古怪的不倒翁。"

她解释道，小时候她骄傲地将不倒翁绑在书包上，结果被坏心眼的同学看到，丢进了湖里，还被嘲笑说："不倒翁不是无论遭遇什么都能恢复原样吗？既然如此，无论把它丢到哪里都没关系吧？"

这东西究竟为何会出现在这里？

"那已经是十五年前的事了，东西肯定不会是同一个了吧？"

原本的不倒翁在风吹雨打之下，肯定已经坏掉了。

但她把不倒翁翻过来一看，立刻就瞪圆了双眼。难道底下有什么标记，能证明这就是她丢的那个？我忍不住凑了上去。

"怎么会这样……？"她似乎没有问谁的意思，只是喃喃着。

"难道真是你丢的那个？"

"是谁替我把它保存得这么好？"她抬头望着夜空，诉说着心中的感谢。

第
五
年

# 交往不到一年的男人

　　"说起来，最近——"她若有所思地说，"开碰头会的时候，我总是觉得很恐怖啊。"

　　"怎么又这么说？"

　　"提交时间和项目预算的需求差异太大，两边的氛围本来就很糟，最后还在足球的话题上止步了。"

　　"在足球的话题上止步？"

　　"咱们公司一层不是有家咖啡厅吗？我提前在那里订了午饭，打算和对方聊聊与工作无关的东西，缓解一下生涩冷淡的气氛。"

　　"不错嘛。"

　　"是啊。于是课长聊起足球的话题，没想到一起吃饭的几个人支持的球队各不相同，有的球队之间是死对头，现场又'噼里啪啦'地迸出火花。在场的只有我不懂足球，我虽然'好啦好啦''如何如何'地两边劝，但只是徒增冷场的尴尬。"

各不相同，噼里啪啦，生涩冷淡。我不觉在脑海里念叨着这些形容词。

"体育类的话题是挺危险的。"弄不好会跟聊宗教有的一拼，"改聊天气的话，可能会好一些。"

"你也这么想吧？"她仿佛等我这句话很久了。

听说两方就算是在聊天气的时候，只要一方说"最近天气变凉了呢"，另一方便反问道："欸，很热的呀？"双方就会这样又争起来。

"我还以为天气是万能的话题呢。"

"可能是不该加入自己的意见或感想吧。"她苦笑道，"或许只陈述客观事实最妥当，比如'最近气温有二十五摄氏度呢'或者'今年好像比去年的降水量多'等。"

"但只说这些的话，实在不知道要怎么聊起来啊。"如果对方说气温二十五摄氏度，难道只能回应"是啊，它比二十四摄氏度高一摄氏度"吗？

太阳逐渐西沉，湖面开始染上说不上是橙还是红的颜色，看上去像罩座灯发出的有温度的光，朦朦胧胧的，带着鲜活的色泽，逐渐沉向天空和湖心。

我们在湖畔漫无目的地走着，欣赏着阳光溶于湖面的渐变色。

一年前，我第一次和她来这里。公司出差期间，我们顺路到猪苗代湖来，她在湖岸发现了小学时弄丢的不倒翁挂件。

愉快的偶然有时会使人感到幸福。那次行程并非我别有用心的设计，却成功地一下子拉近了我和大我两岁的她之间的距离。自那件事后不久，我们就开始交往了。

我们没在公司公开恋爱关系。公司没有禁止员工谈恋爱的规定，所以就算公开也没什么。但我们享受着那种刺激的感觉，仿佛被人发现就意味着任务失败，自顾自地暗爽。

总之，我们的交往很顺利。虽然不至于顺利到要讴歌这个世界的大好春光，但也过得很开心。

她决定忘掉我也知道的那件事——有关她和课长的不伦之恋。尽管无法像删除照片或文件一样忘得一干二净，但偶尔回忆起来，她的心里还是难免骚动。那位课长后来被公司发现挪用公司预算，被调到了边远的县市，她慢慢也能当那件事不存在了。

今年，我们又来到猪苗代湖。虽然和公司办活动有关，但难得来一趟，我们都打算借机旅游一次。于是我开着最近刚买的车，借兜风之际，和她费尽周折来到这里。

"然后呢？"我问。

"什么？"

"那场尴尬的碰头会，后来怎么样了？"

"哦，那个啊。就在糟糕的气氛达到最高潮时，刚好有一首歌传到我们耳边——应该说是音乐更恰当，是咖啡厅的背景音乐。"

"什么音乐？"难道是叫《别吵啦》或《世界大同》之类

的曲子吗？我想。

"就是那个很有名的。"

接着，她哼起那首三人摇滚乐队的著名歌曲。

什么都不说

也不回家

和她一起漫步

她用安稳可爱又带了些寂寞的声线唱起《太阳下山也要和她一起漫步》。这一刻，我觉得时间仿佛突然停止，莫名地想起自己从前见过的、美得令人心颤的晚霞。

什么都不要

别无所求

只要她还在就好啦

"我觉得这歌挺好听的。那时候，客户方一个年轻人嘀咕了一句：'我很喜欢这首歌。'"

"欸。"

"这样一来，我们课长忙说'我也喜欢呢'，其他人也相继剖白'哎呀，其实我也喜欢''我也是'。"

有谁真的幸福呢

冷淡讨厌的家伙

至少身体也是温暖的吧

"大家可能都意识到了，意见相左的时候虽然感受不好，但对方也不是坏人。自那之后，所有人突然都变得和和气气的了。找到共同点，气氛就缓和了。"

"这样真是再好不过。"

我感到无比温暖。天空和湖面的晚霞颜色，仿佛在心里铺展开来。

# 来到新天地的少年

特工晴人躺在挂在树上的吊床里，迷迷糊糊地喝着这方土地特产的秘酒。而我俯视着他，心想：日子这样过下去能行吗？这样是不是也挺好的？

一年前，我从敌军基地救出特工晴人，我们乘蜉蝣逃跑，为了甩掉追兵胡乱飞行了一阵，最后迫降在这片未知的土地上。

在这片草木丛生的密林中，竟有陌生人居住的空间。

他们和我们样貌相同，穿着却极为简单，以树皮或动物皮为主。我知道这世上还有不为人知的蛮荒之地，但没想过会亲身走入这样的地方。

当地居民在树洞、岩石附近或巨大的花下搭建居所过活。

"这里的首领是谁，或者说统管一切的人是谁？"一开始，特工晴人问这里的居民。他想和对方交涉，好让我们能在这里停留一段时间。

"首领是什么？"对方是这样反应的，"把鸟凑到一起？鸟可没法凑到一起。[1]"

我们花了一番工夫，才意识到这里没有官职和上下级关系。居民们似乎不太介意年龄、性别、体格的差异，一切事都协商着来办。

实施某些决定的时候，会有人跟大家打招呼，但那人的身份也不高，在我看来和"居民代表"差不多。

他们爽快地接纳了我和特工晴人，爽快到我们反而替他们担心：如此不设防真的没问题吗？

他们将空着的房子让给我们，还大方地分吃的给我们，理所应当地说："你们想回去之前，都可以待在这里。"

"没想到还有这样的世界。"

特工晴人过上了惬意的日子，饮下原料不明的发苦的酒，几乎整日整夜精神恍惚。

刚住下的时候，我也理解他的做法。我们一直以来都过着命悬一线的生活，工作节奏紧张，理应度过一段宽松的时光，缓解压力。但慢慢地，我也开始不满。

日子可以一直过得如此吊儿郎当吗？这个疑问总是飘过我的脑海。

"咱们今后怎么办？"我若无其事地问过他好几次。

"就这样也没什么不好嘛，至少这里待得挺舒服的。"特

---

1　在日语中，表示"统管"含义的词语和表示"把鸟凑到一起"含义的话发音相似。

工晴人的回答总是这样。他的表情平缓极了，从前那种锐利的神色早已荡然无存。

我们也确实无处可去。

特工晴人既已被总部放弃，将他献给敌人，从前的同伴也就不叫同伴了。即使回去，那里也成了敌人的阵营。

我们没有地方可回。

偶尔我能听见歌声。村里的日常食材需要保证，和居民们一起采蘑菇回来的路上，我能在草丛深处听到一个男人的声音。

> 全都，全都，往后拖
> 全都，全都，往后拖
> 只做自己喜欢的
> 其余全都无关紧要
> 无关紧要，无关紧要

那歌词好似在嘲讽自己和村民们"今宵有酒今宵醉"的生活状态。也许是因为他的歌声悠扬，我竟然觉得就算"往后拖"也无妨。

"啊，那个人也是从外面来的哦。"和我一起扛蘑菇的男人朝那片草丛扬了扬下巴。

"从外面来的？从哪里？"

"说是什么'大人国'。"

"大人国？"

"那个国度的人好像个头会大上许多。"

"我好像听过这类传说。"小时候，我在童话故事里听说过去巨人国旅行的故事，"这么说的话，那个人也身材高大吗？"

"不，跟我们一样。"他窃笑道。

"那不是明摆着说谎吗？"

"他说来到这里之后，身体就缩小了。"

"他是怎么来的呢？"

"你问他本人好了。"

既然对方这样说了，我便放下肩上的蘑菇，立刻返回歌声传来的地方，分开比我还高的草叶，深入草丛。

那个消瘦的男人坐在一块平坦的石头上，够不到地的双脚在半空中轻晃。

他还在歌唱。唱的是另一首歌的旋律，和刚才听到的不同。


　　风总是蹭着我的耳朵

　　要我别急，别急

　　异国之门，异国之门

　　要走多远，才能回头？


"请问——"我向他搭话。

"嗯？"他把目光投向我。我看不出他的年龄，肯定不会和我一样只有十来岁，说他二十多岁，甚至是四十多岁恐怕都有人信。

"怎么了？"他问。

"我听说，你是从其他地方来的？"

"哦，是啊。"

"大人国，也就是大个子的人所在的国家？"

"没错没错，我也吓了一跳。刚一开始还不明白发生了什么，喏，这里无论是蘑菇还是树叶，都大得出奇嘛。起初我还想：这是什么玩意儿，巨型蘑菇？但慢慢就意识到了，哦，原来是自己变小了啊。"

"你说自己变小了，可是，是怎么变小的呢？"

"这个我还不清楚呢。"男人的样子不像在骗人，而且表情和语气都不刻意，令人感觉亲切。

"变小之前，你在什么地方？"

"在哪儿来着？不过可以肯定的是，我去了猪苗代湖。"

"猪……代湖？"男人说出了一个我没听过的词。

"当时我在停车场，有一片叶子掉在地上，形状很有意思。正想把它捡起来，四周突然变得很亮堂。我想：咦？好奇怪啊。我也没喝酒啊……然后就突然出现了一扇门。门，你知道吧？Do you know（你知道）门？"

"门我还是知道的。"

"我的眼前出现了一扇破旧的木门。我想：咦，这是什么东西？哦，这不是哆啦A梦的道具嘛。就是那种感觉的门。于是我打开门，走了进去——"

"就来到这里了？"

"现在想想，我大概是在那个时候变小的吧。周遭的景象很不寻常，我很焦虑，以为自己到了另一个世界。但其实也许还在同一个地方，或许待在那儿不动就好了。可当时我还不明白这些，就跟跟跄跄地往前走了。回过神来，我发现自己竟然在天上飞。"他笑的时候眼角会堆起皱纹，我莫名地觉得轻松。

"怎么就飞起来了？"他难道会飞？

"可能是鸟吧，把我当成吃的，叼着我这里起飞了。"他指了指自己的后衣领，"等我回过神来的时候，就在这儿了。不过，这里的居民都是好人，都很照顾我。"

"哦……"有过如此特殊的、令人吃惊的经历，还能如此气定神闲，究竟是这男人的性格使然，还是说事情已经过去一年，他开始接受现实了呢？

"我唯一不甘心的，是没带乐器过来。"他抬头望着天。


异国之门，异国之门

要走多远，才能回头？

晦暗幽深的台阶

别低头看，别低头看

异国之门，哪边通向地狱？

门的钥匙，就在你手中

他又唱起歌来。

和人聊天的时候突然开始唱歌，真不礼貌啊——虽然我这样觉得，但悠扬的旋律让人心情舒畅，不由得听了一会儿。

这个人真的是从其他国家来的吗？我定定地望着他。

"为什么会出现一扇门？"

"啊，这我也不知道啊。"他轻飘飘地说着，仿佛习惯了对许多事情不去追究，"它就是出现了，我也没办法嘛。不过，我得到了一个提示。"

"什么提示？"

"之前这里也来过一个知道门的家伙。He knows（他知道）通往异国的门。"

"这里？"我四下张望着。

"不知道他是从我之前所在的世界来的，还是从其他地方来的。总之他说，他眼前也曾突然出现一扇门。我和他是一样的情况嘛，于是我们聊得很投缘。当时他对我说：'东西凑齐的时候，门就会出现。'"

"凑齐？凑齐什么呢？"

"他当时说的好像是'猪鹿蝶'。"

"猪鹿蝶？"这是哪国话啊？

"他看到门之前好像刚刚下山，一回神，发现周围有野猪和鹿。"

我总算明白了，他口中的"猪鹿蝶"指的是动物。

"然后呢？"

"他想，如果再有一只蝴蝶，就凑齐猪鹿蝶了。正在这时，有一只蝴蝶翩翩飞来。"

蝴蝶我总还是知道的。

"他说他反应过来的时候，门就已经在那儿了。"

"呃，所以是凑齐了动物，门就会出现的意思吗？"

"但我那次没有野猪也没有鹿。或许也不一定要凑齐它们，只要凑齐了合适的东西就行。"

"这是个没什么价值的提示呢。"

他的脸一皱，笑着说："也许是吧，只是那个人后来又不见了。可能是成功地打开门离开了吧。"

"是吗？"

"他肯定凑齐了什么东西，然后就不知上哪儿去了。"

"这说明他成功了吗？"

"说不定那个人是来去自如的呢。"

说完，他又唱起歌来。

异国之门，异国之门

要走多远，才能回头？

晦暗幽深的台阶

别低头看，别低头看

这一切纯属偶然！

# 交往不到一年的男人

"咦？不见了……不见了。"

我们在湖畔走了一阵，觉得差不多该回去了。这时，她忽然开始慌张——白天在会津若松的纪念品商店买的白虎刀饰品好像不见了。不是什么贵重物品，但女店员说"这个可以提升运势哦"，她就买下来了。

是掉在刚才散步的路上了吗？我们沿着来时的路往回返，寻找那饰品。

想来，几年前也发生过类似的事。那个来自别家公司的女人，也是在这地方把首饰给弄丢了。莫非，猪苗代湖有这类让人丢东西的磁场？

眼看着太阳下山使搜索变得困难，我们自然着急。但着急也没有用，找不到的东西依然找不到。

"要不再买个一样的吧？"我提出解决问题的办法。可她似乎无法接受，深深地叹了一口气："我觉得如果找不到它，运

124

势会变糟。"

尽管我不知道所谓运势的本质究竟为何物，但既然有"病由心生"的说法，她确实有可能因此逐渐变得阴郁。

我们沿着天黑之前走过来的路线寻找，可还是没有找到。

不久，她的想法有了转变："说不定掉在车里了？"

也不是没有这种可能。

我立即赞同她的推测，决定返回停车场。

从情节发展来看，最令人感恩的莫过于在副驾驶座上发现那件掉落的饰品。

然而，此等好事到底是不会发生的。我们在车里找了个遍，也都没找到。

看来只能再到湖边找找了——正这样想着，只听"咚"的一声闷响，是车和车相撞的声音。

我吃惊地抬起头。

停车场里侧的右手边，一辆黑色SUV和一辆红色的小汽车脸贴着脸停着，像在对彼此吹胡子瞪眼。

她也瞪圆了眼睛望着那边。

"车和车撞上了？"我问。要是撞到了人就糟了。

"两边正好在同一时间起步了吧？"

"真难办啊。"幸亏摊上事故的人不是自己，我松了口气，但想到当事人的心情，还是觉得很沉重。

关车门的"咣当"声陆续响起，驾驶座上的人分别从两辆车里下来。

没必要和对方扯上关系，我和她的思路应该回到我们面临的问题上，继续找那饰品。

可这时，那边传来一声大吼："我这儿一直看着呢！是你们撞上来的吧！"

我探出头观望了一下状况。一边是一对年过花甲的夫妻，另一边是两个染着金发的年轻男人。

大声主张自己没有过失的，似乎是那个上了年纪的男人。他旁边的小个子女人大概是他太太，此刻嘴里念叨着"亲爱的"安抚着他的情绪。

"等一下。听你那意思，这是我们的问题了？话不是这样说的吧？"两个年轻人表示不服。

发生事故本来就够让人痛心的了，还要相互推卸责任，发生争执，这已经超越了痛心，真让人感到痛苦。

往往是老实道歉更能让事情顺利解决吧——我不由得这样想。

我和她面面相觑，点头达成一致，打算轻手轻脚地撤离现场，却被他们叫住："那边的两位，你们有没有看到，刚才的碰撞是我们谁的问题？"

什么？我们愣在当场。

"二位愿意来帮个忙吗？"那边又招呼道。

我们没有撂下一句"不愿意"便扬长而去的魄力。就算真的这样做了，肯定也会在相当长的时间里保有好奇，想知道他们后来怎么样了。

假如当事双方的争执有白热化的趋势，说不定我们至少能"算啦算啦"地劝上几句。

最终，我们到底还是迈着极其不情愿的步伐，朝他们走去。

"即时回放，即时回放。"两位金发的年轻人一面说，一面用双手手指搭出一个长方形。这似乎是专业棒球教练要求裁判进行即时回放时做的手势。

可我们除了苦笑，似乎也做不了什么。

# 来到新天地的少年

"我说，咱们歇一会儿吧。"特工晴人上气不接下气地说。

"马上就到了。"我回头催促着。

曾经体格健硕、坚忍且精悍的特工晴人变得如此虚弱，我感到落寞而心酸。将近一年没做任何像样的训练，恐怕他身上早已有了赘肉。

一直过着吃完就躺在吊床上惬意摇晃的日子，长肉也是必然的。

那个唱歌的男人说自己是被鸟叼来这里的，不过他悬在空中时记住了太阳的位置。

"在天上飞的时候，我往那边一看，正好看见夕阳。鸟是笔直飞过来的，笔直的哦。"在他的解释下，我记下了大致的方位。

时隔将近一年，我再次拽着特工晴人，操纵蜉蝣起飞。

"我们到底要往哪儿去？"

"去门那里，要找到门出现的地方。"我已经和他解释过很多次了，可他就是不往心里去。

"什么门？"

"通往异国的门啊，去另一个世界的。"

"用不着去什么别的地方吧？我们还是回去吧，住在那儿还不够幸福吗？"

那个村落的确很和平。居民不但亲切，还不追究我们的过去，我们待得很舒服。

"要是能一直待下去，我也想住在那里。"我说，"但我们住在那里，迟早会暴露的。"出发时我明明说过了，特工晴人也许没仔细听："那样的话，会给那些村民添麻烦的。"

其实尚未出现这样的征兆。老实说，我是担心一直在那个惬意的村庄住下去，特工晴人和我都会变成堕落的废人。

这几年来，我惯于完成各项工作任务，以至于已经无法忍受平淡的日常。

特工晴人大概也不想给那个村子的人添麻烦。他虽然愁苦地嘟囔着不成句子的抱怨，但还是跟着我来了。

"这不是敌人的地盘吗？"不愧是特工晴人，他似乎也意识到了这一点。

"正是。"我回答道。

乘蜉蝣降落后，我们四处走动，不知不觉间来到了熟悉的地方。再往前不远，就是特工晴人去年被捕的敌军基地所在的区域。也就是说，这里离生我养我的那片土地也很近。

"我们岂不是回到原点了？"

"不，不是的。"我加重了语气，也说给自己听，"我们要去另一个世界。"

"真有另一个世界吗？要怎么去？门在哪里？"

我环视四周，这才发现有人正从岸滩的对面走来。

伴着"嗨哟嗨哟"的吆喝声，一群人声势浩荡地走着。

我猝然望向特工晴人，他皱着眉头，应该也看到了。我在他脸上看到了久违的紧张神情。

那群人正在从岸滩那儿搬东西过来。大概十个人，扛着一个银色的物件。那物件身上仿佛系着长长的锁链，身后拖着一条动物尾巴似的东西。

是敌人。

虽然在如今的我们眼中，我方和敌方都是敌人，但这伙人是原本就与我们敌对的那一方。

"他们这是找到了什么东西吗？"

"是武器吗？"

被他们发现就糟了，于是我们藏在林中粗壮的树根之间。

但愿他们就此远去，不要看到我们——我屏住呼吸，在心里默念。

麻烦的是，敌人似乎没有沿着湖岸走，而是往这片树林里来了。他们齐声吆喝着，从我们身旁经过。

无论如何也要挺过去——我和特工晴人站在树丛里，仿佛化身成植物一般。

我们并不走运。

一阵强风吹过，卷起许多落在地上的树叶。尘土飞扬，有小石子似的东西朝我们飞来，我垂下了眼帘。

搬运货物的敌人们为了避过这阵狂风和沙土，也纷纷背过脸，就这样发现了位于他们视线正前方的我们。

对方也没有立刻反应过来。

咦，这两个人是怎么回事？有那么一瞬，所有人都直愣愣地僵在原地。

我们看准这个时机，掉头就跑。除了逃跑，没有别的办法。平时疏于锻炼的后果似乎开始显现，特工晴人比我的行动还要迟钝许多。

敌方大概也犹豫不决，不知怎的，一开始竟一起扛着那个银色的东西朝我们追来。

我倒是希望他们能一直这样追下去，但他们到底也没蠢到那个份儿上，追了一会儿，便"一、二、三"地喊着号子，将那银色的东西扔到一边，各自尽全力追了过来。

我回头的时候瞥了那个银色的庞然大物一眼，它有着剑一般的形状。也许是他们从某个地方挖掘到的武器吧。

我们不顾一切地狂奔。

"迟早会被他们追上的！"特工晴人在我身后说。

那是因为你太胖了——可这话即使说出来也于事无补，眼下根本没有供我们藏身的地方。

　　可以肯定的有两件事：要是停下来就完蛋了，以及，我们无法永远这样跑下去。

　　我们的双腿愈加沉重，再加上对方大概用无线电设备叫来了更多追兵，敌人从四面八方涌现，转瞬间就形成了包围之势。

　　敌人从远处慢慢缩小包围圈，估计是提防我和特工晴人随身带着飞行工具吧。

　　他们正朝我们发出威吓。

　　一年前也有过类似的情景。我将特工晴人带出敌军基地时，也是在这里被包围的。那时我已经做好了赴死的准备，却不知为何得救了。

　　我暗自期待这次也能在千钧一发之际逃脱，却全然不知道如何才能得救。

　　"对不住。"特工晴人小声说。

　　"对不住什么？"

　　"总是连累你。"

　　"别放在心上。"我一面回答，一面观望四周。

# 交往不到一年的男人

或许因为情绪激动，两位撞上对方的司机彼此一直恶言相向。

"我一直谨慎地观察四周！"

"我在安全的情况下踩了油门，谁知道他们突然冲了出来！"

双方虽然各说各话，但内容是一致的——是你不对。你才不对呢。

"你一直看着呢吧？"他们转身问我。

我和女友面面相觑，答道："真没看见。"

身为裁判，怎么能走神呢？我直觉要被对方这样批判，于是说："二位还是叫警察吧。"

"叫警察的话太麻烦了。"金发男人话音刚落，高龄的白发男人就下结论似的大声说："你是怕警察来了对你不利吧！"

"都说了不是这样。我只是在该起步的时候起步而已，没什么问题。"

"什么叫'该起步的时候'？"白发男人口沫横飞。

"亲爱的！"那位想必是他太太的女人喊道。

说实话，我们什么忙也帮不上。我真想把现场交给那两位年轻人，明哲保身地离开。冷冰冰的气氛变成浓郁的、看不见的雾气，渐渐将我们笼罩，压抑着，让人浑身不舒服。

假如门仓课长在场，肯定能把双方的歉都道完，圆满地解决问题吧——我忍不住这样想。

"不如你们先交换下联系方式吧？"我这样说，是期待双方交换了联系方式后，就不会再急着要当场解决问题了。

我的想法并无新意，不过是基本的基本，他们却像得到了多了不起的解决方案似的，反应很夸张："啊，你说得对！"可见他们也无意再坚持自己的看法，变得心浮气躁起来了。

其中一个金发男人从自己的裤子后口袋里抽出钱包，白发男人也拿出一个护照夹似的东西。

"啊，用手机拍下来会更方便些。"我身旁的女友一边提议，一边走到拿着驾照的他们身边。她这样说，无疑是出于好心。

"那我们交换了来拍吧。"金发男人说着便掏出手机。

"啊！"不知是女友还是金发男人先发出了惊叹。

发生什么了？

她微微瞪大眼睛，难以置信地望着我。

不过是看一下驾照而已，哪至于如此吃惊呢？难道她认识对方，或者对方是知名人士？他们究竟在驾照上发现了什么？

另一个金发男人和上了年纪的女人也不知发生了什么，凑过来看那驾照。看过后，感叹道："啊！"

到底是怎么回事？我也不安地走了过去。

"驾照出了什么问题吗？"

"你快看！"她喊道。

一张驾照罢了，能引发多惊人的事？

只不过，我的目光扫过金发男人驾照的信息后，也和大家一样"啊"出了声。不会吧……怀着忐忑的心情，我又去看了另一个男人的驾照。

她望着我点了点头，仿佛在说：你看吧。

大家茫然无措了一阵，金发男人和老夫妻终于七嘴八舌地议论起来："同名同姓！""生日竟然也一样！"

就是这样。

两张驾照上的名字不但汉字写法一致，就连出生日期（年份当然不同）也一模一样。

现场的气氛一下子和缓了许多，方才彼此推卸责任和过失的可怕情景早已不见，甚至有了圆融和美的迹象。

有时，愉快的偶然会使人感到幸福，而幸福便能孕育宽宥。

双方突然转身确认各自车子的状况，开始和气沟通："哎呀，这点儿小磕碰不算什么。""想想看，这恐怕不是单方面的过错，而是两边都不好。"

现在要怎么办呢？我还在为难，但看到女友默默地用眼神表示了许可，便把手伸到自己包里摸出了钱夹。

"那个——"我说着往前凑了凑。

因同名同姓而激动的人们仿佛这才想起我来，他们望着我，好像在说：哦，怎么了吗？

"其实吧……"我抽出自己的驾照，展示给他们。

# 来到新天地的少年

唱歌的男人说过："东西凑齐的时候，门就会出现。"这好像也是别人告诉他的。但到底要凑齐什么东西呢？我还是一头雾水。

只不过四下里忽然开始发光，刺得我瞬间闭上了双眼。再睁开眼睛时，门已经出现了。

凑齐了吗？凑齐了什么呢？

包围我们的敌军显然也陷入了混乱。

刚才空无一物的地方，出现了一扇门。只有门，再无其他。

难道这周围有野猪？可我没工夫四下张望。

我抓住那个应该是门把手的东西，用力一拧。没时间犹豫，无论怎样都好，必须从这里离开。

耳边仿佛又传来那首歌。

路是可以选的

甜蜜的、不成眠的

饿着肚子，什么都吐不出来的

风总是蹭着我的耳朵

要我别急，别急

异国之门，异国之门

要走多远，才能回头？

我几乎是拖着特工晴人，和他一起跌进了那扇门里。

毕竟只是在这地方独独立着一扇门，那说不定也没有门里门外的分别。就算跨到门槛那边，双脚或许还是会落在同一片土地上——尽管充满了怀疑，但也只能试试看了。

# 交往不到一年的男人

双方像压根儿不存在事故一样地欢呼着，兴高采烈地讨论是否要把这惊人的偶然和更多的人分享。那位上了年纪的女人对社交网站格外在行，跃跃欲试地想用她的账号把这件事发到网上。

姓名等个人信息不方便公开，所以我不太想将驾照上的照片传到网上去。但如果有其他办法和网友分享，我也觉得不错。

如果是常见的姓名，偶然遇到同名者的机会还是有的，但"松岛"这个姓并不是那么常见。而我们三个不仅同名同姓，生日还相同，真是让人惊掉下巴。

自那之后没多久，我的视线前方出现了一大束光。其他几个人正面对面地讨论在社交网站上分享此事的措辞，没人发现十米开外的地方忽然亮成了明晃晃的一片。是什么东西折射了夕阳吗？刚想到这儿，那片光明中就出现了一扇门。

刚才还没有门的。

出现在户外的门明显是不正常的，这不就是漫画里的任意门吗？

门是什么时候出现的？

更离谱的事还在后头——我呆若木鸡地看到两个男人从那扇门里跨了过来，看他们的样子，完全是从门另一侧的异国闪身而入，挤到这里来的。

"这俩人是从哪儿来的？"我凌乱地眨了好几次眼。

"你怎么了？"女友终于发现呆站在一旁的我不太对劲。

那扇门已经消失了。所以我多半是看走了眼，刚才那一幕大概是错觉。

我望着那两个背对着我们远去的男人。他们上下身都穿着浅褐色的衣服，不是工作服，也不是棒球服，而是不太常见的款式。两人像是父子或年龄相差很多的兄弟。个头和我差不多，或者比我高些。

我踉踉跄跄地迈开脚步追了过去，她跟在我身后。

"那两个人，突然就出现了。"我在刚才看到门的地方停下，"刚刚这里有一扇门。"

"欸？"

算了，没事——我刚要这样说，忽然发现脚边有个东西闪闪发光。我弯腰将它捡起来，那是一只银色的、小刀形状的饰品。

"它居然在这儿！"她双手合十，喜悦地大喊。

太好了，找到了。感到激动而踏实的同时，我又望了望那两个远去的男人。

他们警惕地张望着四周，仿佛所有东西都是有生以来第一次见，他们似乎为这种新鲜感而狼狈不堪。

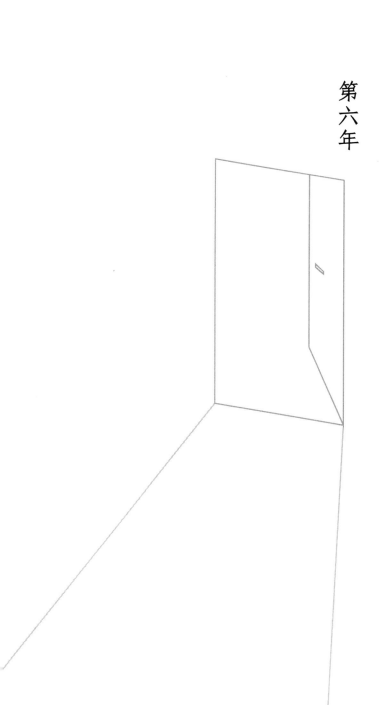

第六年

# 即将结婚的男人

"结婚之前，我想去趟猪苗代湖。"约莫半个月前，她对我说。那时，我们正并排坐着，在我的房间里看电视。

两年前的猪苗代湖之行是促成我们关系的契机，那里还承载着她对父亲的回忆，而且前者与后者之间还相互关联。总之，我们调整了休假时间，决定来一次福岛旅行。

真要结婚了啊，我再次感叹。还是没什么真实感。

这两年来，我们虽然不时有小小的争执，但没有原则上的争吵，一直保持着交往。说顺利的确顺利，所以我更是觉得，一直像这样保持恋爱的现状也无妨。

> 像在做梦似的
> 像在烟囱里似的
> 既然这么舒服
> 那就维持现状吧

像那个知名乐队唱的那样，保持着美梦般的感觉，就这样舒坦地维持现状不好吗？有必要迈上下一个台阶，走入婚姻吗？或许我心里的某个地方是这样想的。

一旦要结婚，就要有一段时间耗费在婚前的准备、手续等各种琐事上，需要决定许多事情。我还好些，但是她部门的工作好像很繁重。是否应该等到合适的时机再启动这项人生大事？这正好给了我一个不必立即行动的理由，安稳地度过了一段时日。

没想到，有一天，结婚的事突然提上了日程。

那是去年年末，公司开联欢会的时候。

联欢会的最后，大家玩起了宾果游戏。每人随机分到一张卡片，五个横格和五个竖格划分出的二十五个格子里写着数字。如果卡片上有主持人读到的数字，就在对应的格子上开一个洞，一条线上的五个数字都开洞了的话即为胜利。

玩游戏的员工很多，但第一个叫"宾果"的人是我——卡片右侧竖着的一整列数字全都中了。

拿着麦克风的主持人指着我："松岛，第一个！"接着，他的食指又对准了远处："啊，还有一位。嗯，是天野吧。"也就是说，我和她都中奖了。

"请二位都到台前来。"主持人招呼我们。

交往的事还没对公司公开，仅仅是并排站在大家面前，我们都像藏起本性做卧底调查一样紧张。

颁发奖品后，主持人把话筒对准我们，要我们分别和大家说两句。不过是凑巧开了一整排数字的洞，也没付出什么努力，哪里来的感想呢？她大概也一样，有些怯生生地说了句："宾果游戏好就好在正确答案并不唯一，有很多种组合方式……"

这句含糊其词的话不好说能不能引起大家的共鸣，大堂里有一瞬鸦雀无声，继而有些嘈杂。

大概是她不好意思的模样太可爱了，轮到我发言的时候，我寒暄了几句既没趣也没什么意思的话："虽然不知道正确答案到底是哪个，总之我和她都凑齐了，这就没问题了。"看得出同事们是在苦笑，但我并不介意，继续说道："所以说，我想和她结婚。"

一个巨大的问号从大堂里升起，吞噬了现场所有人的声音。

"我们结婚吧。"我面对着她这个人，也面对着她的内心，弯下身去。

动摇是随后才来的：在这个场合说这些究竟合适吗？会不会给她留下不好的回忆？想到这里，我不禁面色苍白。直到听见她说"请多指教"，胸口才仿佛射进一道暖阳。

对公司的其他人来说，我和她还是没有交往过的同事。因为一场宾果游戏就突如其来地决定结婚，着实引发了一阵轰动。

就这样，在初秋的婚礼之前，她提出想去猪苗代湖。那是她找到父亲送的不倒翁挂件的地方。

人生就算会遇上麻烦，大多数事情还是会回归原点，可以重来。她的父亲好像曾这样对她说过。

"真是一位好爸爸。"

"不过，他以前可是只顾做自己喜欢的事。登山、垂钓，还把家人抛在一边，去追随来日艺术家的旅程。"

"等一下，你爸爸在我心里的支持率开始下降了。"

她笑道："可他从生病开始，就一直和我们说：'我就是死了也不会变成天上的星星。不会变成星星，也不会变成风哦。'"

"这又是因为什么呢？他没有梦想，或者说太寂寞了？"

"不，他不是这个意思。"她似乎想为我补充说明，却被电视屏幕上的影像吸引了，"你知道这两个做直播的人吗？"她父亲的话题被搁置下来，有点儿可惜。

我也把注意力转向那则视频。那是直播电脑游戏实况类的视频，主播玩的是动作类游戏。主角仿佛走入了巨人的世界，要用武器逐一打倒敌人。主人公一会儿险些被巨人的脚踩成肉饼，一会儿乘着蝗虫似的昆虫飞翔，逐渐潜入敌军基地。做直播的好像是两个人，他们兴奋地一边解说一边玩游戏。

"这个视频账号好像是半年前开始做的，关注人数似乎越来越多了。账号名叫'Kimi与Anata的游戏直播'。"

"你与你？[1]"

---

1　"Kimi"和"Anata"对应的日语均有"你"的意思。

"Kimi君和Anata先生——这好像是他们在游戏中的昵称。这游戏难度很高，但据说他们能过五关斩六将。而且，两人间的对话很有意思。"

"是像艺人那样说话吗？"

"不，他们会一本正经地说些奇怪的东西。比如说自己是从其他世界来的。"

"那是什么意思？从其他世界？他们是外国人？"

"他们坚称自己来自另一个世界，一个和这里很像却全然不同的世界。他们说自己在那个世界里是间谍。"

"这是他们的人设？"

"应该是吧。但他们说得一本正经，所以大家都看得津津有味。"

# 想回去的少年

"辛苦了。蛮顺利的嘛。"

我正在沙发上玩电脑，特工晴人走到我身旁说。

他指的是今天视频实况直播的事。我和特工晴人每周都会有两个晚上合作打游戏，并将游戏实况公开在互联网上。

这样的生活已经持续了半年。

一年前，我和特工晴人穿过不可思议的异国之门，来到了这个世界。但从那以后，生活中便充满了惊吓与混乱，我们一直在努力适应。

这个地方和我们一直以来生活的世界相似却又不同，不同却又相似。

我们拼尽了全力。我们已然穿过那扇门，从全副武装的敌人手中逃脱，如果在这个世界丧命，那之前的努力就会变得毫无意义。

由于饥饿，我们擅自吃了商店里的食物，从而得知那样做会被定罪；我们学习认识了纸币和硬币，为了获得它们而寻觅工作。

我们也发现，自己掌握的技术——射击、格斗以及与间谍工作有关的技能在这个世界派不上用场。这个世界的人身边根本就没有枪支这类东西。尽管没有枪支，也没有住处，但由于在原来的世界就已习惯了野外生活，没有住处对我们来说并不算十分辛苦。

我们帮了一名男子。这成了一切的转机。

当时我们正在公园的停车场睡觉，忽然听到一阵嘈杂声。放眼一望，看到一个男人正遭人袭击。我们虽然没有帮他的理由，但也不想袖手旁观。

特工晴人三下两下就打倒了对方。

"我的包差点儿被抢走。太感谢了。"那个年轻男人向我们提议，"不嫌弃的话，你们可以去我的事务所找一间办公室睡。"

他好像是一家网络购物公司的高管，CEO（公司的首席执行官）这个头衔我是后来才知道的。他年纪轻轻就很有钱，好像还很有名。他说自己在哪里都能干活，于是在郡山买了房子。"网络购物""东京""总社"等词，我们都是在这一年里绞尽脑汁记住并理解的。

总之，我们住进了CEO位于郡山的宽敞房间，并在这段时间里邂逅了那款游戏。

那是一款拿着枪打敌人，或潜入敌军基地完成任务的游戏。对于有实战经验的我们来说，只要记住操纵方法，游戏中的战斗都是小菜一碟。至少在游戏里，不会有真正死亡的风险。

抱着打发时间的心态，我们接连通关了游戏里的任务。在一旁观战的CEO对我们说："你们俩边闲聊边打游戏的样子挺好玩的，不妨试试游戏直播。"

"直播是什么？"

慷慨的CEO为我们凑齐了器材，不知从哪里请来一位老师模样的人，拜托他教我和特工晴人摄影、剪辑、直播等基本知识。

以我们的能力，也只能做这个了。我们战战兢兢地开了直播，也许是CEO的人脉广，直播打一开始就有一定量的观众。游戏时我们基本不用露脸，只转播语音即可，所以也很放松。

CEO管特工晴人叫"Anata"，管我叫"Kimi"，这也成了我们在视频里的昵称。有一次，他说："你们俩是从另一个世界来的对吧？最好在直播的时候多讲讲这些，很有意思。"

有了CEO的支持，我和特工晴人开始一边玩游戏，一边讲自己的故事。我们告诉大家，自己来自另一个世界，在那个世界以谍报员的身份执行了许多任务。基地似乎放弃了被囚禁的特工晴人——游戏中的"Anata"，于是我——"Kimi"把他救了出来，和他一起到一片陌生的土地生活。我们经人指点找到了出现在某处的门，穿过门就来到了这个世界。

我仍然怀揣期待——或许在这样的日常里，能找到回去的提示。

直播时会收到观众的评论。"这是什么老套又奇幻的设定""不需要这样吧"等。在我们看来，多数评论都莫名其妙，还带着揶揄的口吻。

同样的话题连续讲了几个月，认为我们或许不是纯粹在胡扯的人渐渐多了起来。

"如果是胡扯，那也太无聊了。""虽然异想天开，但创意能做到首尾一致啊。""他们的对话莫非是某种暗喻吗？"

"暗喻是什么？"我问。CEO告诉我，那是打比方的意思。

不过我们根本没在打比方啊。我虽然这样想，但还是继续直播。

我慢慢发现，直播竟然能赚到不少钱。既然能给CEO带来收益，我们也就放心了。

"对了，之前有人发来了奇怪的评论啊。"特工晴人说。

剪辑视频的时候，一位观众发来的消息吸引了他的注意。这半年来，我们在直播中学到了这个世界的许多知识，从社会的基本运转法则到不成体系的各种学问。观众们出于好心，教会了我们许多。

"你们连'星期'的概念都没有吗？""二位最好了解一下棒球知识哦。""请看看这部电影。""你们知道日本三景[1]

---

1　指日本的三处旅游胜地，分别是宫城县的松岛、京都府的天桥立和广岛县的宫岛。

是什么吗？"

我看着在特工晴人操纵下的画面。

屏幕上出现了这样一行评论："我那时候，是猪鹿蝶哦。"直播的时候，我和特工晴人似乎都错过了这条讯息。

"猪鹿蝶是什么？"

"有一种游戏叫花牌，猪鹿蝶是游戏里的角色，就像招数的名字一样。"不知什么时候出现的CEO回答，"凑齐了野猪、鹿和蝴蝶这三张牌，就能得高分。"

"凑齐？"特工晴人看着我，"你之前是不是提到过？那边的世界里，有个唱歌的男人的故事。"

"啊！"想起来了，我们来到这个世界之前，曾有一个男人告诉了我异国之门的事。他当时也说，自己是从其他人那里听说的——"之前这里也来过一个知道门的家伙。"

而那个"知道门的家伙"说："东西凑齐的时候，门就会出现。"对他本人而言，就是"凑齐猪鹿蝶"的时候。

"给我们发这条评论的男人，就是那个'知道门的家伙'吧？"

"有可能。"特工晴人点头。

我突然从他的神情中感受到了第一次见到他时的那种锐气。原来特工晴人还是想回到从前的地方啊——我这样想。

他大概也意识到我在想什么，于是问："你不想回去吗？"

即使回到那个世界，我和特工晴人恐怕也不会受到大家的欢迎。可能会被追杀，并且无家可归。相比之下，如今的生活至少没有性命之忧，也没有受到很大约束。只是，我经常觉得自己不该待在这里，总是感到不安。

那大概是一种不踏实的感觉——自己似乎一直在逃避着重要的事，轻飘飘地游离于生活之外。

# 即将结婚的男人

浓云转瞬间开始遮蔽天空，像一只巨大的脚，要将猪苗代湖踩得稀烂。昏暗的灰色云层深浅不一，满含不祥的预感和不平静的征兆。

我想起很久以前在这里见到的一大群蜉蝣。

明天这里好像有一场音乐活动，有人在布置活动场地，做相关准备。岸边搭了舞台，建起一排帐篷顶的临时小屋，五颜六色的。

无关人士还是别掺和为好，于是我们远远地望了一会儿，选择在湖的四周散步。

"前年，我们就是在这附近发现不倒翁的。"她说。

我突然面对湖面挺直身子，问候道："爸爸，我要和您女儿结婚了。"

"说不定爸爸真的能听见。"

"从湖里吗？"

"不，说不定他在那一带游荡呢。浮游灵[1]都是那样的。"

"欸，"我环顾四周，"拜托，别讲幽灵这种可怕的话题好不好。"

"爸爸之前说过的：'活着的时候任意妄为，死后好歹想为人们做点儿什么。'"

"这话是什么意思？"

正在这时，舞台那边传来一阵音乐声。

> 我不会变成星星，也不会变成风哦
> 我是个称职的幽灵
> 四处游荡哦

是明天要演出的歌手在彩排吗？歌声轻盈而悠扬，还带着一份诚恳，在四下里回荡。

> 活着的时候只顾自己，自己，自己
> 现在的我四处奔走，忙活得很
> 优秀的浮游灵
> YES, IT'S ME

歌词竟然和她刚刚告诉我的她父亲的话重合，我不由得一

---

1 泛指死后脱离肉体，仍在现世游荡的灵魂。——编者注

惊。接着，我又想起前几天她告诉我的她父亲生前的话："我就是死了也不会变成天上的星星。"

不会变成星星，也不会变成风——这句话原来是这个意思啊。

"爸爸现在大概成了优秀的浮游灵，悄悄地助人为乐呢。"她笑道。

我再一次慌兮兮地四下张望，想知道浮游灵大概在什么位置。我想象着：说不定空气中的各个角落都飘着她父亲这样的浮游灵，为了帮助某些人，在暗中等待着大显身手。

今年我们来猪苗代湖的理由还有一个，和前几天聊到的游戏直播的主播有关。他们坚称："去年，某个地方出现了一扇门。我们是跨过那扇门来到这个世界的。"听到这个，我想：咦？不会吧……我应该见过那扇门。

我把这件事告诉女友，她起初一笑置之："不就是门嘛，我也见过啊。门到处都有，连厕所里也有。"

"不是这种意义上的门。你还记不记得，去年在猪苗代湖的时候，停车场里发生了一起事故？"

"当然记得。"

"那时候我看到门了。"

"门？"

我依稀记得，去年看到门的时候和她说过，但她多半是没有印象了。

"离得稍远的地方突然出现了一扇门，两个男人从门里走出来，然后就那样不知走去哪儿了。门出现在你背后的方向，估计你没看见。当时大家都很兴奋，门只闪现了一瞬，很快就消失了。"

"门一会儿出现一会儿消失，这种事可能发生吗？"

"不可能。所以直到这一刻之前，我都相信是自己看花了眼啊。"我指着视频直播的画面，"只是，他们俩现在说的门，搞不好就是当时我看见的那一扇。"

莫非，去年我看到的那两个男人就是这个视频直播的主播？

虽然没有去现场检查一番的打算，但我确实觉得，来到这个停车场，说不定会唤醒更多有关的回忆。

"去年，我们站在这里——"到停车场后，我一面回忆一面说。

"发生事故的两拨人站在那里——"她点头。

"接着，那边就出现了一扇门。就是那个位置。"

我们又朝湖岸边走去，来回走了几次。不多时，她忽然"啊"了一声，伸手指着天空。

刚才还远在天边的黑云不知什么时候已经遮蔽了我们头顶的天空，恍若一艘巨大的宇宙飞船傲睨万物。似乎有雨滴落在我手心里。

# 想回去的少年

"哎呀，我也不是很清楚，但我从前就喜欢把东西凑齐。或者说，什么都能凑齐。"

面前这个叫桥田的男人似乎很高兴又有些困惑地说。

"凑齐？"

"像那种随机附赠的点心，我随便买一买，就能凑齐所有口味；参加派对玩宾果游戏，也经常中奖；还有，至今为止我结了四次婚，无意间发现，每一任妻子的血型都不一样，凑齐了四种血型。"

"哦……"

据说此人五十多岁，是一家投资公司的老板。给我们视频评论"我那时候，是猪鹿蝶哦"的人就是他。我们从直播评论栏中找到他的账号，与他取得了联系。"我一定要见见二位。"他说，"我去郡山找你们。"

于是现在，我们三个在直播用的房间里——CEO称其为

"Anata与Kimi的事务所",换句话说,我们在这事务所的桌前相对而坐。

他喜欢看我们的游戏直播,说是几乎每次的直播都会守时观看。

"我一直对Kimi君和Anata先生所说的'门的话题'很好奇。我想,或许二位和我有过同样的经历。"

"你当时的情况是有野猪、鹿和蝴蝶吗?"

"那天我到猪苗代湖附近办公事,回程途中忽然想去湖边看看。结果赶上那里第二天要办音乐活动,主办方正在搭场子。我怕打扰到他们,就在稍远的地方转悠了一会儿。在松林里散步的时候,周围的人忽然乱作一团,大喊着什么'有野猪!'之类的。"

一般来说,野猪应该是不可能在那种地方出没的。或许是下山来祸害农田被人赶跑了,总之,它很迅猛地朝桥田冲了过来。

"它在我面前停了一瞬。当时,音乐活动未完成的招牌上画着鹿的插图。我想:啊,要是这时候有蝴蝶,那就凑齐猪鹿蝶了。"

"有蝴蝶飞过来了吗?"特工晴人简短地发问。

桥田"啪"地打了个响指,欢快地说:"正是如此啊!然后我穿过门,就去了对面的世界。"

"你还记得那个唱歌的人吗?在那个世界的时候,我是从他那儿听说你的故事的。"

"哦哦，他啊。我有印象。他看似吊儿郎当，其实是个心思细腻的好人。他告诉我：'我在那个世界很忙，所以才会来这个世界休息一下。'但我觉得，他那种人，无论在哪儿肯定都是一副游手好闲的模样。不过，大家会和着他的歌声跳舞。那可真是一段快乐的日子。"

Hey 宝贝跟我来吧
好容易闲下来，已经是秋天了
私生活一团糟啊
以前还有事想做
但现在已经没有啦

他开心地跟着节奏唱歌，猛地站起来，弯下腰继续唱。

是啊，着急也没用啊
反正也没有目标
是啊，稍事休息来年再战吧
短暂的夏天结束啦

"夏天很短暂吗？"特工晴人竟然在意这个。

"看个人的理解了。"桥田笑嘻嘻地说着，又坐回椅子上，"不过呢，真是万事万物都要看个人的理解啊。我学到了。"

"学到什么了？"

"那个世界的人，大概比这个世界的人体型小，而且是跟昆虫差不多大小。"

这一点我当然也有感受。湖泊、草木、昆虫，这里的一切给人留下的印象都与来之前完全不同。天空仿佛也比从前近了。

桥田接着说："这就是所谓的'万事万物无绝对'吧。那个世界的我比在这个世界时体型小，于是我意识到，在不同的情境下，人看待事物的方式会有所不同。"

"原来如此。"

"所以，和我聊过之后，二位想怎么做呢？"

我想起我们原本的意图。

"我们还是想回到那个世界。"

我们应该回到那个世界。

特工晴人和我的思绪最终落到了这一点上。尽管我们在千钧一发之际跑来这个世界避难，这个世界也足够太平，我们住得很舒服，可我们毕竟不该在这里生活下去。

> 像在做梦似的
>
> 像在烟囱里似的
>
> 既然这么舒服
>
> 那就维持现状吧

就像那首不知是谁唱过的歌那样，我们最终赶走了"那就维持现状吧"的情绪，决定回到原本的地方。

"要在哪里、怎么做，那扇门才会出现？"特工晴人问，"要怎样才能凑齐东西？"

桥田挠挠头："这个我也不太清楚呀，我那次真是赶巧了。"

"把野猪和鹿带到那片湖边如何？如果有蝴蝶飞过的话——"

"怎么搞到野猪是个问题啊。不过，即使搞到了，我也不确定门就会出现。"

"可是你凑齐了猪鹿蝶，门就出现了嘛。"

"我那次是这样，但我不知道是不是每次都这样。"

"回到这边的时候呢？你从那个世界回来的时候，凑齐了什么？"

"其实我也不知道。等我意识到的时候，门已经出现了。这只是我的推测——也可能那时候是这个世界凑齐了什么东西吧。"

"那个世界、这个世界的，不容易分清楚啊。"特工晴人皱着眉。不过，他说得没错。

我们现在居住的地方是"这个世界"，原本居住的地方是"那个世界"。我们想从这个世界回到那个世界。

"我们当时也是。被敌人包围的时候，门突然出现了。似乎也没凑齐什么东西。"

"也许东西是在这个世界凑齐的。"

虽然一个答案也没弄清楚，但桥田说他会帮我们："总之，你们最好先去猪苗代湖看看。最好和我那次的时间一样——夏天，在举办那场音乐活动的前后。"

为了迎接那一天的来临，我们开始做肌肉力量训练和慢跑。那个世界和这里不同，危险很多，我们必须准备好体能。特工晴人整日活动身体，又变回那副严肃的面孔。我大概有两年没见过这样的他了。

出发的前一天，我们向CEO辞行。

"我们想回去了。"特工晴人挑开话题。

"多谢您的照顾。"我向CEO表示感谢，"真的帮了我们许多。"

"你们还是要走啊，好寂寞啊。"CEO个子不高，像个少年，"不过，这样或许也挺好。"

"还不知道能不能成功呢。"

"对了，你们带上这个走吧。"CEO从自己的桌上拎起一只口袋递给我们，那只塑料袋里装着几只饭团，"保质期到明天，以防你们路上饿。"

他又将一个小硬币形状的东西放在我的手心，那东西比硬币还薄。

"这是……？"

"是我们公司即将发售的产品。把它贴在重要的东西上，就可以用电脑或手机查找它的位置。这东西是设计给容易忘东西、丢东西的人用的，你们带上吧。"

　　"这所谓'被忘掉、被丢掉'的东西，不会就是我们吧？"

　　CEO又一次笑得像个少年："说不定即使你们回到了那个世界，我也能知道你们的位置哦。"

　　我们再次向CEO表示感谢，扛起行李——说是行李，其实也就是小的双肩背包。

　　"真是好寂寞呀。"CEO又说了一次。我也感到了寂寞。

　　下降的电梯里，我偷瞄了一眼特工晴人的侧脸，看不出他的表情有什么变化。

　　"确实寂寞。"他像吐烟圈般小声嘟囔着。

# 即将结婚的男人

乌云遮住了天空——就在我这样想的时候，雨点变大了，开始敲击地面。

我戴上风衣的帽子，她从包里取出折叠伞。然而，风刚一吹过来，帽子就被掀开，正要撑开的伞也翻了过来。

看来不能掉以轻心啊。

远处传来"扑哧扑哧"的响动，像是有某种巨大的鸟类在扇动翅膀。定睛一看，原来是用来搭展区小屋的帐篷倒了，马上就要被风吹飞。又有"嘎啦嘎啦"的声音传来，是支撑的柱子倒地的声音。那好像振翅的声音再次响起。雨点"噼啪噼啪"地砸落在四周，宛如激起畏惧之心的太鼓声。

我打了个趔趄。"扑哧扑哧""嘎啦嘎啦""噼啪噼啪"大自然的乐器在现场奏响了乐章，曲声朝我们袭来。

"赶快——"我的话说到一半，眼睛都要睁不开了，风太强了，"赶快回车里去吧！"

"是啊。"狂风也堵住了女友的嘴，但我听到了她的回应。

我们勉强睁开眼睛，确认了方向，往停车的地方走去。一路留意着，以免撞上松树。不巧的是，停车的地方离这里很远。

随后，我看到一个巨大的东西从远处朝她袭来，好像是一条巨大的鲟鱼。

那条鲟鱼裹在沙尘之中，穿过松林间的树木，借着风势迅猛地飞驰，马上就要戳中她的后背。

危险！就在我要飞身挡在她身前的时候，鲟鱼的身体猛地撞上了某个东西。

那是一瞬间的事。在暴风雨的洗刷下，我一片混乱的大脑想着：凌空飞过的鲟鱼，被猎枪击中了。

鲟鱼当即掉在地上。

仔细看看，所谓的鲟鱼其实是一块类似帐篷屋顶的布，不知是从哪里飞过来的。方才它撞上的，是一块拳头大小的石头。

"你们没事吧？"

人声传来的方向站着一个男人。他比我年轻，二十岁上下，右臂弯着，转动手腕，保持着扔东西的姿势。即使刚才飞来的是一块布，也未免太大了些，可以用石头一击就将它拦下吗？不过，人家已经做给我们看了，那就证明是可行的。

"我们的车就在前面。"他邀请我们上车避一避。要跟这个不明身份的年轻人走吗？我犹豫了一下，而风势就在此时变得更加猛烈，女友也差点儿摔倒，我们便钻进了他那辆敞着滑动门的单厢式小货车。

"这可真够惨的，淋得湿透了啊。"车里那位满头白发、上了年纪的男人给我和女友各递上一条毛巾，"还是擦一下吧。"

滑动门关上了。

"我看外面挺危险的，就把他们带过来了。"刚才那个年轻男人坐到驾驶座上，解释道。

谈话之间，车身也在"嘎嗒嘎嗒"地摇晃。我几乎要认为风会将车子整个掀翻。

车里还有一个男人，比我年长，鼻梁高挺，眼珠碧蓝，看上去是个欧洲人。可他操着一口流利的日语，问驾驶座位上的男人："所以，门怎么样了？"

"不行。虽然我试着凑齐了——"年轻男人说着，不知从哪里"哗啦啦"地拿出一份杂志和一把剪刀。女友看到那把剪刀的刀锋，条件反射般缩紧了身子，我也不寒而栗。可年轻男人似乎全然不在意这些，继续说道："石头刚才给扔了。"

"果然，就算刻意去凑，大概也是不行的。"白发男人歪着脸，"而且，'石头剪刀纸[1]'也太容易凑了。"

"有没有可能刚才出现了门，但被这阵风吹飞了？"

---

1　即国内的"石头剪刀布"，日本习俗中指代三者的实物是石头、剪刀和纸。

"我刚才一直仔细看着，不像有门出现过的样子。"

他们是音乐活动的相关人员吧？听三人交谈的时候，我和女友交换了眼神。她一面用毛巾擦头发，一面目光闪烁，那表情似乎意味深长。

她到底是什么意思？

我无法揣摩她的意图，悄悄用口型问："欸？什么？"

她大概是不耐烦了，直接问了出来："那个……请问，你们刚才说的'门'是什么东西？"

哦，对了。我们今天来这里的理由之一不正是门吗？

他们三个仅用眼神进行了一番交流，似乎在确认彼此的意见。

"其实，"片刻后开口的，是驾驶座上那个年轻男人，"我们今天来，是为了让这里出现一扇门。"

这个年轻男人的声音我有印象。我看了看女友，她也点了点头。

"如果我没有猜错的话，你是不是做过游戏直播？"

# 想回去的少年

　　我们很惊讶，没想到会遇上收看直播的观众。饶是特工晴人也绷不住他严肃的表情了。

　　"我好像在哪里听见过你的声音。"男人说，"你们是Kimi君和Anata先生吧？"他报上了我们直播时的昵称。

　　"是知名人士呢。"桥田气定神闲地说。

　　"请问……"那女人似乎有些抱歉，"'石头剪刀纸'和'凑齐'什么的，是什么意思呢？"

　　我向她说明了我们的来意。他们毕竟是我们的观众，知道我们是穿过门来到这个世界的。他们也老实地告诉我，虽然不是"完全相信"，只能说是"将信将疑"吧，但相对来说，他们还是容易沟通的。

　　"听说门会在凑齐某些东西的时候出现。"

　　"凑齐？"

　　"是啊。"桥田回答，"可能要凑齐三样东西。"接着，他也说起了之前"猪鹿蝶"的故事。

"所谓的'石头剪刀纸'是？"男人歪着头疑惑道。

"就是字面意义上的石头、剪刀和纸。"特工晴人竖起三根手指，"我们试着凑齐了这三样东西。"

"我把这三样东西放在一起，但门没有出现。这时候，天气变得很糟，你们俩就来了。"

一大块布飞过来，我果断地掷出石头，救了他们。

男人和女人把目光投向车窗外面："门没有出现呢。"

"看来，用事先准备好的东西估计是没用的吧。"特工晴人说。

"也许就是这样。"我也隐约有了同样的预感，这糟糕的预感使我难过，"也许一定要在偶然之间凑齐什么东西才行吧。"

"啊，如果是这个意思的话，去年！"男人忽然高声说道。

"怎么了吗？"特工晴人摆出防御的姿态。

"其实，去年我在这里看到了一扇门。"男人说，"而且那时，这里偶然凑齐了三样东西。"

他将去年在这个停车场发生的事告诉了我们。两辆车相撞之后，他们发现了奇迹般偶然的一致。

"竟然会有如此凑巧的事？"桥田愉快地笑着。

"确实发生了，我们吃惊得不得了。接着门就出现了，两个男人从门里走了出来。"

"是我们。"

"是我们没错。"

"果然。"男人说话时，仍是一副难以置信的神色。

"只要像那次一样，再次凑齐就行了吧？"特工晴人说。

"大概吧。"我点头。

"你们要回原来的地方去吗？"女人问。

"你们俩总不会和我一样姓'桥田'吧。"

男人和女人同时用力摇头："我姓松岛，她姓天野。那么凑巧的事到底是不容易发生。"

风更大了。沉重的车身缓慢地摇晃起来，大雨淋湿了车窗——应该说，是敲击着车窗。天空也变得黑漆漆的，我感到恐惧，担心这种状况会永远持续下去。

虽然不是很饿，但我还是将CEO送给我们的饭团分给大家。吃饭团的时候，雨慢慢停下来，风势也逐渐转弱。

# 即将结婚的男人

"怎么了吗？"下车向他们道谢后，我问她。因为她一直东张西望。

"感觉有人拍了我肩膀一下。回头一看，是这根树枝。"她捏起那根十厘米长的树枝给我看。

"这树枝是从哪里跑来的？"

"然后又有像那纸片似的东西掉下来，喏，就在那边。可能是从什么地方飞过来的吧。"她指着几米开外的地方。

她的目光似乎追随着纸片从空中飘落的轨迹。

做直播的Kimi君走到纸片落下的地方，将它捡起来："上面有个箭头。"

大概是音乐活动上用来指路的纸被风吹起，飘到这儿来了吧。

他手里那张纸上印的箭头指着猪苗代湖，我们像被箭头牵住似的，情不自禁地望向那边。

"偶尔我会觉得，爸爸好像在暗示我一些什么。"她说，"就像现在这样，有什么东西碰到我的身体，或者风会吹来什么。也许是他想帮我，所以给我发来了暗号吧。"

"什么暗号呢？"

"我总会想象爸爸现在的样子——不会变成星星，也不会变成风，勤恳努力，想帮大家一把。"

"身为一名优秀的浮游灵？"

"没错。爸爸说过'大多数事情都会回归原点，所以一切都可以重来'，因此我觉得，他也许想帮那两个人回到他们的故乡。"

"这就是所谓的作战？"我想起她父亲去世前和姐妹二人制订作战计划的事。

"倒也没有真的到'作战'那个程度。"

箭头的方向值得研究。往那个方向看去，松林尽头逐渐聚起了几个人。我们信步走去，两位视频博主和桥田也跟了上来。

那边有三个上了年纪的人正将木头并排摆在沙滩上。我们问他们这是在做什么，他们回答："雨把大家都淋湿了，所以我们打算生个火。生火，生火。"他们又说，"你们也可以坐下来烤一烤。"

的确很冷。如果可以烤火取暖，我们实在感激。只是，这一带的树叶和枝条也都湿漉漉的，就算能打着火，木头也不可能烧得起来。

天越来越冷了。这时，另一个男人不知从哪里出现，拿着一个纸袋走近我们："这个应该能帮忙生火吧。"

"那是什么？"

男人粗暴地从纸袋里掏出什么东西，直接扔在地上："一把旧竹刀，剑道用的。已经用不上了，我打算扔了它，所以撅折了，弄成好几段。"

他说完我们再一看，确实是折成好几段的竹刀。于是我们在现场堆积木似的把它们堆在一起。

"彻底放晴了啊。"桥田抬头望天，张开双臂。

方才的暴风雨早已不知去向，我甚至怀疑之前的一切是不是自己的错觉。把目光放得稍远一些，便看到音乐活动的工作人员正绕着歪倒的柱子、倒塌的舞台慌忙忙地跑动。我一面感叹他们真是遭罪，一面又想，要是能做点儿什么就好了。我们也想帮帮他们。

好像有人"啪啪"地拍了我的肩，还对我说"是啊，最好去帮帮他们"，可我身边并没有其他人。

"我们去那边帮他们一把吧。"Kimi君说。他似乎和我的想法一致。

"是啊。"Anata先生也点头。

"门怎么办？"桥田问。

两位博主面面相觑，无声地沟通了一阵，露出一抹寂寞的笑容，然后耸了耸肩。或许他们放弃了——有了这个想法后，我忽然涌起一股冲动，想为他们做点儿什么。可现实却是，我什么也做不了。

"宫岛先生，差不多可以点火了吧？"带竹刀来的男人对拿着点火工具的男人说。

"啊！"我大喊一声，灵感就在这时闪现。

紧接着，她也"啊"了一声。和去年年底联欢会上的那次宾果游戏一样，我重温了两人同时抵达终点般的感动。

"怎么了吗？"Anata先生问。

"说不定我们凑齐了。"我说，她也深深点头。

"凑齐了？凑齐了什么？是怎么凑齐的？"Kimi君凑了上来，他手里还拿着饭团。

我不打算绕圈子："刚才他叫那个人宫岛先生，于是我发现了。"

那个要给竹棍点火的男人听见我的话转过头来，仿佛在说："你叫我？"我朝他摆了摆手糊弄过去，表示没什么事。

"我姓松岛，她姓天野。"

"这有什么问题吗？"

"凑齐了日本三景。松岛、宫岛和天桥立——日本三处名胜古迹的名字。"

"日本三景！"Kimi君瞪大了双眼，"收看直播的观众和我们提到过！"

"原来如此。"Anata先生说。

"不对，等一下。松岛和宫岛勉强可以，天野是不行的吧？'天桥立'和'天野'的发音像是像……"桥田话音未落，忽然笑了出来，"原来是这样。还要加上我的姓吧？"[1]

"没错。"我的声音不受控制地抬高，"天野和桥田，加起来就是天桥立。这样一来，日本三景就凑齐了。"

"有点儿牵强啊。有'amano'和'hashida'，但是少了个'te'啊。"

"不要在意这些细节……"自己的理论弱点被人戳中，我只有苦笑。桥田和两位博主的表情也僵住了。

"或许不是这个。"这时，女友突然说。

"或许不是这个？"我重复着这句不在我预期的话。

"看到那边的竹刀，我忽然想到——这里是松林吧？然后，竹刀是竹子做的……"

"是松竹梅啊！"桥田一拍手，"这是松，那是竹，然后——"

梅呢？我正在纳闷，就看到她把目光瞥向Kimi君手里的东西——一个吃了一半的饭团，馅料我们不问也知道。

"的确凑齐了。"

"等等，我的'日本三景论'也——"我的脑海里闪过游戏获胜时，她在台上说的话："宾果游戏好就好在正确答案并不唯一，有很多种组合方式……"

无论是哪种组合，凑齐是最重要的。没有所谓的正确答案。

---

1　在日语中，"天野"（amano）的发音和"桥田"（hashida）的发音合并，与"天桥立"（amanohashidate）的发音接近。

"快看那边——"不知是谁说了这句话。松林深处隐约出现了一扇门。

两位博主毫不迟疑地朝那扇门跑去。

我只得茫然地望着他们的背影远去。忽然间，耳边传来一阵低语："你的说法有点儿牵强啊。"我吃惊地四下张望，还是一个人也没有。

优秀的浮游灵

全都交给它吧

它会帮忙阻止

不让悲伤的事发生

第
七
年

# 在猪苗代湖的男人

头顶和脚下都是天空——我几乎要这样以为。晴朗的天空挂着白云，眼前的湖水蓝得仿佛能将天空的蓝弹射回去，似乎连远处磐梯山的山影也染上了蓝。我的视野里只有蓝色和白色。在风的吹动下，猪苗代湖的湖面起了一些涟漪，映在湖中的景色有了水彩画般的晕染。眺望风景的我的内心，仿佛也被风吹得碧波荡漾。

往前面走一点儿，是一个搭好的小舞台，工作人员正在手忙脚乱地布设音响设备和照明器具等设施。

"今天是不是有歌手在这里办演唱会？"身旁的门仓课长开了腔。我只好说："对方之前不是把资料给了我们，做过说明了吗？"

"哎呀，对不住了。"这样一来，门仓课长开始向几乎小他两轮的我郑重地道歉，"最近我一直往客户那边跑，几乎没时间看资料。"他说着便低下了头。

　　门仓课长仍然没完没了地四处道歉。今天来这次活动会场的本该是专门负责这项业务的部门负责人，结果却换成了他，似乎也是因为今天的任务中暗藏着一项"道歉任务"。

　　这件事我是听在隔壁部门任职的妻子说的，妻子是从和她同一时间进公司的同事那里听来的，那位同事也是从别的什么人那里听来的。总之，这件事实际验证了世上没有不透风的墙。

　　"我们公司的常务惹恼了客户里的大人物。""这件事无论让谁解释、怎么解释，都是我们公司的常务做错了。""我们公司的常务也不太会跟人道歉。他道了歉，对方反而更不高兴了。""还是趁早好好道歉，缓和关系比较好啊。"——事情的前后过程，大概就是这样。

　　对方的企业也在资金上为猪苗代湖的活动提供了支持。我还听说，今天是准备活动场地的日子，那位大人物也会到现场观摩。

　　"对了，松岛。"门仓课长问我，"小原庄助是谁？"

　　我立刻反应过来。小原庄助，是在我们会津的本地民谣《会津磐梯山》歌词中出现的人物。

　　"我看民谣的歌词里写了，他这个人很爱睡懒觉，爱早上喝酒，爱早上洗澡，因此散尽了家财。真有这么个人吗？"

　　"好像有很多种说法。有人说小原庄助有原型人物，也有人说戊辰战争中去世的人里有和他同名同姓的人。大体来说，那是一个吃了便睡，睡醒就喝，动不动就泡温泉，任意妄为的人。"

"但既然把他写进了民谣里，大家应该不记恨他吧。"

"还好吧，他那么会享受生活，要是还能存下钱来，只怕会被旁人嫉妒的。大概还是散尽家财更让大家拍手称快吧。"他倒是可以作为反面教材。

"好羡慕他呀，睡懒觉、早上起来就泡温泉什么的。我要是这么做，老婆肯定会发火的。"

我不知该如何接话，只得苦笑。

不知从哪里传来一段旋律。能听得出那不是现场演奏的，而是用音响播放的、设定好的曲目。

我不知道歌的名字，但温柔可爱的歌声仿佛乘着风，轻飘飘地将我环绕。

　　但愿我最爱的，那个人儿

　　过得幸福

　　但愿我最爱的，那个人儿

　　衣食无忧

一时之间，我想象不出这首歌唱的是一个怎样的故事，这时候门仓课长说："感同身受啊。"

"您也有所谓'最爱的人'吗？"我不由得反问。

"以前啊，我女儿还在上小学的时候，一个周末的深夜，她发高烧。我和老婆都慌了神，不知道该怎么办，就到附近的诊所给孩子看了病。"

"是急救诊所？"

"不，是私营的儿科诊所。主页上虽写明了看诊时间，但好像只是表面上那么写，不知道为什么，那位医生在深夜和休息日里也会接收患者。当然，也给我家孩子看了病。"

"真是个好人。"

"没错，是位很好的医生。估计他这样做身体也吃不消，总之是为了孩子们的生活做了很大牺牲。"

"所以说——"

"我希望那样的人能过上幸福的生活，富足无忧。"

> 但愿那个人儿
>
> 活在幸福的世界
>
> 过上幸福的人生

"确实如此。不过，既然对方是医生，生活大概挺富裕的吧。"

"看他那勤奋劲儿，大概能富裕到住得起宫殿吧。"

"说不定会在宫殿里开个儿科诊所呢。"

"我倒没想到这个，对不起哦。"

这种事不值得道歉的，我又苦笑。四年前，门仓课长也和我一起来过猪苗代湖。当时的交谈一度让我对他刮目相看，可此番阔别四年后与他亲近地聊天，我又想改变自己之前的看法了——果不其然，这人还是蛮窝囊的吧。

但愿那个人儿

过得幸福

歌曲播放的过程中，我想起了那一群人。也就是去年我在这里邂逅的那两位做游戏直播的视频博主。

运营他们视频直播的事务所发表了声明，称"Kimi和Anata隐退了"，但我和妻子知道其中的真相。

他们肯定回到了另一个世界，一个我们看不到的地方。或许他们在那个世界里，也看不见我们。

但愿他们过得幸福。我不禁为远方的他们祈祷。

# 完成任务的少年

"代表，今天我们如约去参加巨大湖泊的庆典怎么样？"

一身气派行头的特工晴人听了我的问话，有些不好意思地说："拜托，别用'代表'这么死板的词称呼我。叫我特工晴人不就行了吗？"

"可你已经不是基层的谍报员了，就该叫你代表啊。"在我心里，他当然永远都是特工晴人。

"代表这个职位，不是前两天才开始有的吗？"

"但它很有必要，大家需要一个代表。"

一年前，我和特工晴人从陌生的国度回到这里，刚回来时的心情却是喜忧参半：虽然重返故乡让我们感到安稳，但回来之后却走投无路，不知该去哪里。我们原本就是被总部通缉后逃出来的，即便回来了，总部也不可能高喊"欢迎回来，幸好你们没事"，然后热烈地欢迎我们。

然而，最终我们还是决定返回总部。

返回的原因，仅仅是疲于寻找其他可能的落脚之处罢了。

在另一方土地上悠闲自在地过着和平的日子固然很好，但时间久了，精神会渐渐变得迟钝。堕落会给人一种痛苦的感受，仿佛自己四周的光阴在一点点腐烂。特工晴人决定，与其这样，还不如瞄准最想回去的地方。我们偶然发现了那架用蝉改造的旧式飞行器，这也成了下定决心的关键。不管三七二十一，先乘着它飞回去再说。于是，我们就被总部抓住了——这个结果可以说毫无疑问。

总部视我们为逃亡的叛徒，立即将我们监禁。我们破罐子破摔地度日，只等上面给出处罚。

事态不是在我们的努力下变化的，单纯是因为总部那边起了内讧。

几年前，高层中曾有一批人给特工晴人设下圈套，想将他除掉。既然如此，有另一群人想给这批人设下圈套，将他们赶尽杀绝也毫不稀奇。所谓的盛极必衰、因果报应、恶果反噬，莫过于此。

简单来说，就是"亲特工晴人派"推翻了"反特工晴人派"。

我们转瞬间就被释放了。

我们不在的时候，我方与敌方的斗争也发生了变化。这近十年来，双方在军事武器的研发上都有了飞速的进步。我方主要研发微型武器，敌方则专精于昆虫研究衍生出的武器制造。总之是兵来将挡，水来土掩，对抗心理使得军事研究没完没了地升级，导致军费支出庞大，也使研究人员疲惫不堪。尤其是后者的影响很大。研究员们没日没夜地劳作，政府还要求他们不断推陈出新，于是工作积极性减退，还不断有人患上精神疾病。听说甚至有人丢下一句"你们干脆开发一个微型研究员吧"便消失得无影无踪，研发部门已经无法履行其职能。

幸运的是，敌方也陷入了同样的僵局。看来两方研发人员的努力都已经到了极限。

虽然不清楚是谁在什么时候提出的建议，又是怎样提出的建议，最终双方似乎达成了一致，决定不再用从前的方式争斗，要另找一种方法一决高下，并以此给漫长的战争画上句号。

到底要用什么办法决出胜负呢？

双方最终选定了当时刚刚入手的虚拟现实系统，打算由操纵员操纵控制杆在监视器上对战。双方各选拔三名操纵员参战。

听说这个消息，我和特工晴人主动报名。我们有这个自信。回来之前的一年，我们没少在另一个世界做类似的事——打游戏。

# 在猪苗代湖的男人

　　"上次真的非常抱歉！"刚刚结束寒暄，门仓课长便忙不迭地深深低下头，开始谢罪。对方困惑地笑了："怎么了，突然就说这些？"

　　近来，各领域不乏年轻的老板，也有不少和我同龄或比我更年轻的人办的公司飞速成长，在业界崭露头角。每当看到他们，我都觉得大学毕业后在企业就职、领着薪水做好分内事的自己落后于时代，有时也会为自己的人生选择感到不安。

　　此刻在我眼前的纤瘦女人，拥有董事长头衔的辻本，虽然大我将近一轮，但她打理的基于互联网的信息服务公司使她一跃成名，成了年轻有为的经营者，还会出现在网络媒体和有线电视节目中。门仓课长的赔罪对象竟然是这个有头有脸的人物吗？我很吃惊。

　　门仓课长熟练地弯腰道歉，在一旁的我自然也不能袖手旁观。于是我也和他一样低下头，说着："非常抱歉。"

辻本微笑道："哎呀，竟会把毫无关系的人都牵扯进来，跟我道歉。我着实于心不忍啊。"

"抱歉让您于心不忍了！"门仓课长一本正经地进一步道歉。辻本忍俊不禁："好了好了。我不介意那些的。"

摆着手的辻本有一种豁达，也许是直线上升的企业董事长特有的从容使然。我终于放心地吁了口气，渐渐接受了这一局面：到底是与时俱进的公司，不至于小肚鸡肠，因为客户说了失礼的话就心怀芥蒂。

然而，门仓课长或许也一下子松了劲，直接问道："那么，贵公司明年是否还能继续赞助这项活动？"

"那是不行的啦。"辻本理所当然地回答。

"欸？"门仓课长一时间不知所措。

"虽然我没理由要你们道歉，但我们也没理由和你们共事嘛。"

"敝公司的这项活动——"门仓课长的话说到一半，忽然有几个人的议论声传来，堵住了他的嘴。好像有一架无人机飞到了湖泊附近，也许是拍摄用的吧。它在空中飘浮着，安静地缓缓移动。

"这个嘛，我本来就不是很熟悉这项活动。"辻本耸了耸肩膀，"副社长宫本想赞助它，我觉得赞助也无妨，仅此而已。上大学的时候我来猪苗代湖旅行过，从那以后一直很喜欢这里。只不过，我不太欣赏贵公司的那种人，也就不愿意和那种人工作的公司合作。"辻本的语气真诚，没有嫌弃，也没有威胁或讲条件的意思，听起来很舒服。

"我估计，那人在公司里也经常难为年轻人吧？换作我们，会立刻把他从重要的工作中调开。"

我几乎要诚恳地点头了。滥用职权的常务总是令我们叫苦不迭，奈何社长器重他，他才在常务的位子上赖着不走。

我看了看门仓课长，他的目光笔直地望着辻本，眼神中既没有得不到对方原谅的慌张，也没有完不成任务的焦灼。过了一会儿，他再次郑重地低下头，说出的话简直像小学生的感言一样赤诚："您这番话不禁让我觉得，如果有幸和您这样睿智的人共事，那我真的会感激不尽。"

"即使您这么说，我也……"辻本也为难起来，"门仓先生，看来您是个好人。如果赞助这项活动能给我们带来很大收益的话还好说，只不过……"

这时，一个男人走了过来，还带着一个小学生模样的少年。

"啊，他就是我们的副社长宫本。"辻本说。男人看上去四十出头，和辻本年龄相仿。个子不高但脊背挺直，一看就知道头脑很灵光。

"宫本君，他们正好来道歉。"辻本正要向他介绍我和门仓课长以及我们公司的名字。宫本却干脆地说："我事先听说了贵公司的行程，您是门仓课长吧？"

我们正要和宫本寒暄，站在一旁的少年忽然举起一个虫笼："喏，你们看这个。"

辻本和我"哇"地惨叫起来。我本以为笼子里装的是蝗虫、蝴蝶或蝉这类昆虫，凑近了一看，里面的虫子却和我们想象中完全不同，长手长脚，说不清是黑色还是褐色。

"咦，你们没见过这个吗？这是蟋蟀。"少年离我越来越近。

"知道，知道。正因为知道，所以才害怕。"尽管对方是个小孩，我说话时还是措辞郑重。

"为什么怕？它没有毒哦，也不会蜇人。"

这孩子说得没错。只是这种后腿很长、身体圆滚滚的虫子无论如何都会让我毛骨悚然。小时候，我在祖母家的浴室里见过这种虫子。它向我展现了惊人的弹跳力，跳跃后大腿着地的模样却给我留下了恐怖的回忆。

"虫子又没犯什么错，"少年认真地说，"它们好冤啊。"

"您说得很对。"听了我的回答，辻本和宫本都笑了。

用心去做，全心全意

音响里传来和刚才不同的旋律。轻快而温柔的歌声仿佛轻轻摇动着碧蓝的天空、湖水和风。

旋转、翻滚、跃动

好似有无人机在载着这首歌一般，歌声在空中回荡。

# 完成任务的少年

我和特工晴人在游戏直播中磨炼的技术比我们想象的还要出色。和敌方组织决战的那天之前，我们参与了操纵员选拔，压倒性的优势令整个总部的人吃惊不已。

另一位被选中的操纵员人称特工本田，是一个纤瘦的短发男人，对我们来说很陌生。"拜托二位多多关照。"他满面笑容，"如果输了，一切就全完了。我们一定要打赢比赛，胜而不骄！"

这些话听来像是他脑子一热就说出来的，不过他看上去不像是个坏人。

那天的角逐乏善可陈。我和特工晴人像往常一样，仅用在另一个世界做直播时的力度，便如游戏般轻轻松松地压制了对方。特工本田比我们想象中在行许多。

面对如此巨大的实力差距，敌方组织甚至忘了不甘，老实地接受了失败。

大概一个月前，双方在共用的国界线上举行了签署终战声明的仪式。

"说不定对方也在寻求一个结束争斗的时机呢。"特工晴人一边观摩仪式一边说。

但愿我最爱的，那个人儿

过得幸福

但愿我最爱的，那个人儿

衣食无忧

歌声由远至近地飘来，我回头一看，是特工本田。

"那是什么歌？"我问。他咧嘴一笑，答道："我很喜欢这首歌，在那边的时候常听。"

"那边是……？"

没想到，他不动声色地凑过脸来，恶作剧般在我耳边低语："其实呢，我是从另一个世界来的啦。虽然不记得是怎么来的了。"

"欸？"

"在这里，我过得也很开心。只是会想，要是那个世界的人们也能过得幸福就好啦。"

"这样啊……"

"以前啊，我很喜欢一个音乐人——他是一支美国乐队的成员，写了很多脍炙人口的歌曲。我以前一直觉得，能把吉他弹得那么帅气的人肯定很有钱。直到读了他晚年的访谈，才知道他的生活似乎蛮穷困的。这让我大跌眼镜。"

我们也曾在其他世界生活过，大概明白他口中的美国、音乐人、访谈指的是什么。

"讲不清道理的事情太多啦，好人没好报，恶人常逍遥。我很讨厌这样。"

这种事我也很讨厌啊——我刚想回答，却看到特工晴人从路那头走了过来。

"那我们走吧。"他说。

"去哪里？"特工本田问。

"去巨大湖泊那边的敌方组织——对了，现在已经不是敌方了——去他们在那儿建设的基地。"

从前没少让我们苦恼的军事基地今后将改建为研究所，为技术研发、和平共享科技成果做出贡献。双方即将举办一场庆典，纪念这一变化。

特工晴人的努力得到认可，被选为组织的代表，要在庆典上发表讲话。

我们沿着路往前走，来到建筑物外面。眼前是宽敞的跑道，喷气式蝉机和蜉蝣飞艇停在跑道上。

"那我们走吧。"特工本田精神抖擞。

谁让他和我们一起去了？我不禁哑然。但特工晴人似乎并不介意，我也就没有计较。

# 在猪苗代湖的男人

　　"那个摆件很不错嘛。"辻本可能想把注意力从虫笼上移开，指了指舞台后面那尊几乎有五米高的达摩似的大塑像，"很有存在感，又有一种独特的可爱。"

　　"那是我们公司松岛，也就是这位的创意。"门仓课长看着我说。

　　"准确地说，是我妻子的创意。妻子喜欢达摩不倒翁。它原本是会津的民间艺术品，听说有四百年左右的历史。我觉得达摩经历千辛万苦，却不屈不挠的强韧精神寓意很好，形象也很温和可爱。"

　　那尊塑像很像达摩，只是顶上有些尖。

　　不倒翁跌倒了还会爬起来，我也希望贵社和敝社的关系也能像不倒翁一样，有机会和好如初。

　　——我的脑海中忽然闪过这样一套说辞，却又觉得这样做实在有些煞风景，大概也会让辻本他们为难。于是，我还是没有开口。

人心是不会被这么一句说辞打动的。

"那你们聊得怎么样了？"宫本向辻本确认道歉的情况。

"没怎么样。我刚才正在跟门仓先生他们解释：要二位特意过来赔礼道歉，我很过意不去。可对咱们公司来说，和他们共事也不会有什么收益。"

"哦，这样啊。"宫本大概很熟悉辻本的性格，他话里的意思大概是"也对哦"。

"宫本先生，您为什么会对我们办的这项活动感兴趣？"我这样问，只是出于好奇。说得更准确些，我其实也不好奇，只是为了避免冷场，聊聊天而已。

可宫本说出的话，却和我想象中的不太一样："我儿子刚一出生，心脏就不好。"

拿着虫笼的少年此时离我们有些距离，正用树枝在地上画画。

他为什么要说这个？我感到困惑。辻本也是一脸不知所措，不明白他干吗突然转换话题。

"当时需要做心脏移植手术，可日本的医院救不了我儿子，我们必须到国外接受手术，但又需要很大一笔钱。于是，我便为儿子募捐。"

"哦，这件事我知道。"门仓课长点头，"我在电视节目里和网上看到过。"

啊，我好像在哪里听说过这件事！——我忽然想。

"我很忐忑，不知道钱能否凑齐，甚至还陷入自我厌恶的情绪中：世上有那么多为钱所困的人，我却只顾着救儿子的命。"宫本淡然地讲述着他那时的苦恼，"我甚至想和妻子商量一下，干脆取消募捐算了。就在这时，钱汇进来了。"

"您指什么？"

"高达一亿日元的重金。"宫本目光炯炯地望着门仓课长，我也望向坐在身旁的他。

"这是怎么回事？我还是第一次听说。"辻本很震惊，"那么多钱都是一个人给你汇的？"

"嗯。"宫本点头，"我很吃惊，也很害怕。我不知道发生了什么，还以为是有人在恶作剧。"

"然后呢？"辻本问。

"尽管我觉得对不住人家，还是调查了对方的身份。"宫本回答，"对方捐款时留下了姓名，我找专业的人帮了忙。啊，此事不宜声张，帮忙调查的人或许钻了法律的空子。总之，我找到了捐款者汇钱的银行，从知道内情的人那里打听到了事实真相：这笔巨款是一个中了一亿日元彩票的人当场捐赠的。"

"什么意思？那个人把自己中的一亿日元全捐了？会有这样的事吗？是认识你的人？"

"对方根本不认识我，就毫不犹豫地把钱捐给了素未谋面的我的儿子。"

我向门仓课长使了好几次眼色。

这个故事的主人公，明摆着就是门仓课长啊。

"所以呢，这件事有什么问题吗？"辻本问宫本，她想知道这和今天的会谈有什么关系。

"你看，托那个人的福，我儿子现在才能这样活蹦乱跳啊。"宫本这话不是对辻本说的，而是说给门仓课长听的。

我望着远处少年的背影。宫本想必已经确定了，捐一亿日元给他的人就是门仓课长。也许他对这项活动有兴趣也和这件事有关。说不定他一直期待着这一天，想见见来赔礼道歉的门仓课长，也让门仓课长看看自己的儿子。

"这样真是太好了。"门仓课长微笑着点了点头，"不过——"

"不过？"宫本反问。

"不过，和捐款数目多少无关，只要捐款的人能觉得幸福、过得开心就可以啦。"门仓课长感慨良多地说完，又找借口似的补充了一句，"哦，我这样说，是因为刚才听到了一首内容差不多的歌。"

"不好意思，请二位稍等片刻。"门仓课长的话似乎并无问题，但我还是急不可耐地对辻本他们鞠了一躬，然后拽着门仓课长走到离他们稍远的地方，打算和他制订作战计划。

"怎么了？"门仓课长不慌不忙地问。

我的声音都有些发尖了："您怎么不说呢？宫本先生肯定也知道情况了，有什么必要非保密不可呢？"

"欸？"门仓课长愣了一下，"要我说什么呢？"

"说您捐掉了一亿日元彩票的事啊！咦，那是发生在门仓课长身上的事吧？您为什么不说呢？您不可能把它忘了吧？"

"我当然记着呢。只是——"

"只是什么？"

"他说的人不见得一定是我，或许也有其他人做过这样的事呢，所以我就一直听他说来着。"

"不会有的！"我强硬地反驳道。但门仓课长丝毫不介意我的态度，歪着头疑惑道："是吗？"

汇钱的人究竟是谁，对方多半是查不到的。你毛遂自荐不就行了吗！这人到底是怎么回事？我彻底呆住了，不如说有些生气。难道每个反应迟钝或者心太大的人，都以为别人也和他一样心大、一样迟钝？

我瞟了一眼宫本，他正在和辻本说话。提着虫笼的少年走回了他们身边。

"我来晚了。"我听到声音一回头，看见妻子站在我身后。因为我们要去我父母家一趟，所以约好在这里会合后再过去。

"啊，天野。抱歉让你跑这么远。"

"门仓课长不是也跑了很远吗？"

门仓课长回到辻本那边，向他们介绍我妻子："她就是为刚才那个摆件提供创意的人。"

"哦。"辻本的表情似乎比刚才明亮了一些。接下来是一通寒暄和介绍，宫本的儿子甚至介绍了虫笼里的蟋蟀，那引来妻子的小声惨叫。其他人都无不同情地笑了，同时也觉得那只明明没做错事却被如此嫌弃的虫子可怜。

"这风景真美啊。"门仓课长望着猪苗代湖，说出这么一句话来。我也抬起头。明镜一般的湖面和天空广阔无边，清新的空气让人心也变得开阔了许多。这片风景不耍威风，也不骄傲自满，只作为单纯的风景，洗净了我们这群看风景的人的心。

　　星星真漂亮呀
　　星星真漂亮呀

隐约有歌声传来。

"虽然这世上净是让人不放心的事——"妻子也和我一样眺望着湖面。

星星真漂亮呀。偶尔能有这样的感叹也不错嘛。

# 完成任务的少年

庆典的规模和我们受欢迎的程度都超出我的想象。也许人们比我想象的更希望尽早结束双方的争斗。

露天的会场上挤满了人。我们本部的人和对方，也就是前敌方组织的人起初是分区域坐的，后来，不知是谁意识到这样的坐法没有意义，大家便混在了一起。

"晴人代表真帅呀。"特工本田对我说。

特工晴人正站在木头搭的舞台上，即将以代表的身份向大家致辞。

我在舞台旁边观望局势。尽管大部分人都在为军事纠纷的结束而喜悦，但仍有少数人心怀不满。万事万物都有与之敌对的势力，所以我们肩负任务，万一出了乱子，就要随机应变，解决问题。

"你不在乎刚才那些朋友吗？"特工本田也许耐不住沉默，总要说几句话。

"朋友？"

"我们抵达这里之后，不是有几个人来过吗？你以前的朋友们。"

"那些人才不是我的朋友呢。"六年前，我正是受不了他们和父亲的欺辱才逃离这里的。他们八成是在上次决战的时候看到我大显身手，意识到不能再和我作对，所以才忽然摆出把我当朋友的态度，真是一群卑鄙胆小的家伙。我不禁想叹气。

特工本田似乎也通过我的反应察觉了我和他们的关系，小题大做地说愿意下次"帮我复仇"，滑稽极了。

"复仇我都嫌麻烦。"我确实是这样想的，"随便他们活成什么样，只要别来妨碍我就好，只要不比我过得幸福就行了。"

"真不知道你这是善良还是可怕。"特工本田愉快地说。

特工晴人的致辞开始了。

他的声音通过微型麦克风，传到遍布会场的微型音箱里。

"各位，尽管过去发生了很多事情——"虽然特工晴人在台下透露过自己没有致辞的兴致，但此时还是表现得落落大方。

在我看来，这次活动也很适合成为新开始的象征。他究竟打算说些什么呢？我一方面有所期待，另一方面也可以想象冗长而无聊的讲话让人们烦躁不安的情景，为他捏了一把汗。

我的担心是杞人忧天。

"如今一切终于尘埃落定了。今后，让我们一起努力，把生活变得更好吧！我的讲话完了！"

特工晴人只说了这些，便向空中举起右手示意。

欸？致辞就这样结束了？现场的人们迟疑了片刻，继而爆发出巨大的欢呼声。

就在这一幕过后，舞台上出现了另一个男人。突如其来的闯入者！我急了，恨不得立刻冲上台去，特工晴人却不慌不忙地摆出欢迎的姿态，将那个男人请到舞台中央。我这才意识到，这是活动流程中安排好的。

这个男人我仿佛在哪里见过。

没过多久，我恍然大悟。这就是我和特工晴人从总部逃跑后，在临时落脚的那片土地上遇见的男人。说自己从"另一个世界"而来，告诉我异国之门存在的人就是他。

"吉他。"我说。挂在他肩上的那种乐器，我在另一个世界生活时曾经见过。

"那东西，我也带过来一把。"特工本田得意地说。

"欸？"

"我过来的时候，凑巧随身带着许多行李。"

原来如此，看来特工本田也是从其他世界来的。我正想问他是怎么过来的，舞台上忽然传来清脆的声响。

我蒙了，差点儿惊得跳起来。

是那个男人在弹吉他，轻快有力的旋律震撼着我和无数人的心。

他只是站着，但身体上下起伏，弹奏的旋律仿佛源自心底。一股愉悦感将我们包围。

男人开始歌唱。有些歌词我听不明白，总之，歌曲充溢着"这样就圆满了"的感觉，有一种不可思议的力量。

终于Happy[1]，终于Happy，终于Happy

超Happy OK

终于Happy，终于Happy

我不会再放手啦——

我想，这首歌完美契合了在场所有人的心情。

尽管过去有过无数艰难困苦，很多事根本无法靠各自的力量解决，但现在终于皆大欢喜了。没有人会放弃这样的生活——大家都这么想。

歌快结束的时候，会场一角有几个人用平板车运着某个东西走来，乍一看好像是在附近的基地研发的兵器，我又起了一身鸡皮疙瘩。不过，庆典主持人站在舞台上解释道："这东西原本是以军用为目的开发的，今后改为供大家娱乐使用。"听到这些，我总算松了口气。

---

1 意思是"快乐"。——编者注

# 在猪苗代湖的男人

　　"那人不是演员吗？"辻本指着远处。一个轻装上阵的男人朝舞台走去，上身是一件T恤，下身是一条牛仔裤，个子不高，但和普通人相比明显气场不同。他像是偶然到这里来办私事的，也像是来和人谈工作的。

　　妻子说出这位三十几岁的演员的名字，看着我道："你是他的粉丝吧？"我点头。此话不假。

　　"他最近在各个领域都蛮活跃的。"宫本说。我们都表示同意。他年纪尚轻，但已经开始参演海外的电影和电视剧了。

　　"听说他太太好像很优秀。"

　　"是吗？"妻子饶有兴致地说。

　　"能说一口流利的英语，性格也很好。据说，她因此和海外的制作人关系也很亲密呢。"

　　"这样啊。"我像是被夸赞的人是自己一样开心，因为我认识一位"或许"是他太太的人。几年前，我们因工作认识，当时我对她说过很不礼貌的话。现在我仍不时想到那件事，每次想起，我都很讨厌当时的自己。我暗自揣测，那个女人的结婚对象就是眼前这位演员。尽管没有确凿的证据，但八成错不了。

她果然是个厉害的人啊！我虽然高兴，却没说出口，自觉话说出来之后，会不好解释。

无人机悬停在我们头顶的高空，缓慢地移动着。

我们站着说了一会儿话。话题从刚才那位演员转到电影，又偶然发现门仓课长、辻本和我的妻子最喜欢的电影导演是同一个人，闲谈一发不可收。没人再提我们公司的常务，也不再关心赔礼道歉一事和明年的活动，大家畅聊着同好之间的话题，度过了一段愉快的时光。

共同爱好能一下子拉近人和人的关系——我不得不再一次这样认为。

我看到宫本的儿子在草丛中捡到一个飞机玩具，把它掷向空中。

少年掷出的飞机似乎灵巧地顺着风向朝湖面笔直地飞去，完全没有坠落的架势，一直朝前飞着。我们也就一路目送着它的身影，视线仿佛系在了飞机上。

不知哪里传来一声欢呼："Happy！"


终于Happy

终于Happy

那欢呼像是歌声，我却分不清声音究竟来自何方，还以为是自己听错了。

"终于Happy"的一天，一定会来到。

刚刚闪过这个念头，我就听到有人大喊：危险！快躲开！躲开！这次我肯定没有听错，周围的人都做出了反应。我还不知道发生了什么，只见有人拼命地从舞台那边跑过来，似乎是工作人员，边跑边指着天上，玩儿命地对我们大喊："快跑！"

我诧异地抬起头，悬停在头顶的无人机像水母似的在空中东摇西晃。"这玩意儿好像出问题了？"我茫然地想，同时终于意识到：它不会要掉下来吧？

无人机掉下来了。

仓促之间，我能做的只有硬生生地让身旁的妻子蹲下来，自己扑到她身上挡着。至于其他人，我是顾不过来了，只希望大家都能平安无事地逃过此劫。

无人机掉在背上会有多痛？我能撑住吗？要是砸在脑袋上会怎么样？无数思绪掠过我的脑海。

身体上方传来"咚"的一声钝响，恍惚间我还听到远处一声陌生的悲鸣，之后是片刻的寂静。我一直维持着覆住妻子的姿势，直到听见稍远些的地方响起东西坠落的声音，才直起身子。

到底发生了什么？

狂奔而来的人们将蹲在地上的我和妻子拉起来。"无人机的人工智能系统发生故障，好像不受控制了。"他们解释道，

"没砸到你们真是太好了。"

"我以为它会从上面直直掉下来。"辻本的措辞也有些混乱，不知道是否理解了刚才的事态。

"它突然被赶跑了。"工作人员说，"好像有个东西突然从底下弹起来，把它顶飞了。多亏了这样，它掉到了其他地方。"

"我看到了哦。"宫本的儿子说，他刚才在远处目击了那架无人机坠落时发生的事，"底下有一只虫子'噌'地跳了起来。一只小虫子，多半是它的同类。"

少年提起虫笼，指着里面那只蟋蟀。想要一探究竟的工作人员惨叫了一声。

我自然无法接受"蟋蟀跳起来撞了无人机"的说法，其他几位成年人也只得露出和蔼的笑容。

"真的啦！'咚'的一声撞上之后，虫子就直接往远处去啦。"

我忍不住想说：要是真有如此皮糙肉厚的虫子，那才是真的可怕。

# 完成任务的少年

从平板车上抬下来的那只中型昆虫曲着长长的后腿一声不吭，配合舞台主持人的指令，以惊人的速度在空中跃起。

场内广播响起，称这种昆虫经过改良，弹跳能力和身体的结实程度提高了数十到数百倍，简直像炮弹一般。

回过神来，它已经从现场消失了。

似乎主办方的本意是想让大家欣赏这只昆虫惊人的弹跳力，展现它消失在天际又再次落地的运动，以尽余兴。但这只中型昆虫却没有再回来。

它高高地跃向天空，可高空好像发生了什么预料之外的事，主持人和技术人员都惊慌失措了一阵。最终，这种不按剧本来的怪诞却讨了大家的欢心，客人们欢呼雀跃。

特工晴人也拍手叫好。

我想起一年前，我们回到这里之前，在另一个世界的生活。在那里认识的CEO、为我们的直播提供支持的人、认出我们的观众们，他们如今活得是否幸福？

想到这里，我不禁自问：究竟怎样才算活得幸福？人是否能活得幸福？这些问题太难回答了。

但愿此时此刻他们在笑对人生，这样也就够了。

迟早有一天

我们会相见

至少至少

把这片风景，带走吧

星星真漂亮呀。这句话忽然浮现在我的脑海中。

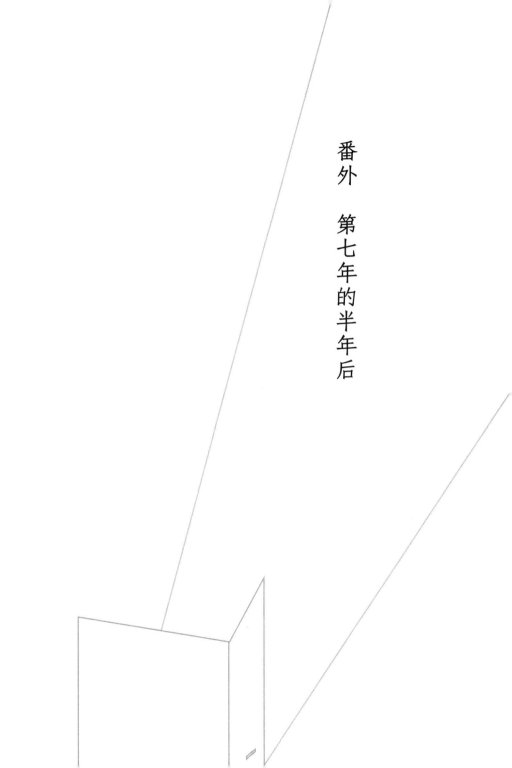

番外　第七年的半年后

很久没看过冬季的猪苗代湖了。冬季的猪苗代湖和夏秋季节的景致不同，湖面群聚的白天鹅、在远处默默守护湖泊的磐梯山的皑皑积雪，这些白色衬得天空和湖水的蓝格外纯净。

在这趟和妻子四天三晚的东北旅行中，我们回了一趟老家，顺便来到了猪苗代湖。

夏季的湖泊和山峦像是个性开朗的东道主，喜欢和熙熙攘攘的人群嬉戏；到了冬季，尽管是同一个地方，湖泊和山峦却像是少言寡语的长者，安静地守候在原地，仿佛只为了倾听我的诉说。

也许是阳光照射角度的关系，背阴处还有未融的积雪，但湖畔的大部分地方都能看到裸露的土地。

"风还是很冷啊。"身旁的妻子说。虽然我们都穿着羽绒服，但是暴露在空气中的脸和手等部位的皮肤确实仍然感到寒冷。

　　"说起来，小时候我曾经好奇过一件事：风到底是从哪里吹来的呢？"我说，"地球是圆的，风从哪里吹过来就成了个谜。"

　　"的确。"妻子应和着。也不知道她对这个话题是否有兴趣，多半是没兴趣的。

　　"我还想象过，或许在某个遥远的地方，比如在海的另一边，有个巨人似的生物呼呼地喘着气。"

　　"嗯，像是打了个喷嚏或咳嗽之类的吧。"

　　我突然觉得鼻子痒痒的，猛地打了个喷嚏。

　　不想喷特工小原一身口水，我赶忙低下头，冲着地面"阿嚏、阿嚏"了好几下。

　　"不过啊，这里真的有另一个世界吗？"特工小原不紧不慢地问。

　　"真的有过。"我已经解释了很多次，可他怎么也不愿相信。

　　"那个世界也有那个世界的烦恼吧？"

　　"嗯，是啊。"我点头。无论去到哪里，在什么地方生活，即使自己的能力适合在那个环境生存，人也会有烦恼和辛苦。这在哪里都是同样的道理。

　　树林的尽头能看到天空。

　　"远？你说什么东西远？"听到特工小原问出这句话，我才意识到自己刚刚感慨了一句："好遥远啊。"

"在那个世界的时候，天空显得离人更近。尽管应该是同一片天空，可还是比现在近。"

"伸手就能摸到吗？"

"倒也没有那么近。只不过，现在的云和山都离我远得很。"

"天空离人很远，这点儿常识我还是知道的。"

"事是这么个事，但和你想的还是不太一样。"

"哎，大概就是那个意思吧。"特工小原不紧不慢地说，"那个世界有那个世界的尺度，这个世界有这个世界的尺度。"

"你的意思是，事物的价值因人而异？"我还想告诉他，用"尺度"一词来形容事物标准的人，现在已经不多了。

"即使是对同一个人来说，过去和现在，衡量事物的尺度也会变化嘛。"

我看到遥远的前方，有巨大的白色鸟类排成一纵行，正缓慢地降落。

鼻子又痒了。我再次低下头，口鼻里猛地喷出气息。两次、三次……阿嚏阿嚏个没完。


在那片极其遥远的土地上，他成功地救出了被囚禁于高塔之中的她。到这里为止，一切安好。他带她跳到事先准备好的飞蚂蚁身上，离开了敌人的阵营。到这里为止，也一切安好。被他搂在身前的她还说："谢谢你，我就知道你会来救我的。"

到这里为止，也很好。

然而，他们身后的追兵——追兵部队也乘着飞蚂蚁——接二连三地向他们放箭，其中一支箭击中了他们乘坐的那只飞蚂蚁的翅膀。从这里开始，事态逐渐变得糟糕。

飞蚂蚁坠落，他们只好紧急迫降。幸好有叶片做缓冲，抵消了惯性，没让他们受伤。不过从此以后，他们只能徒步逃跑了。

没过多久，两人就看见乘着飞蚂蚁的追兵们从地面追来。

万事休矣，这下多半是逃不掉了。他闭上眼，紧紧抱住她。

一阵狂风突然吹来。不是从侧面吹来的，而是从追兵部队的头顶吹来。不止一次，而是两三次。狂风伴随着"阿嚏、阿嚏"的巨响，追兵们一下就被吹跑了。

大家都搞不清究竟发生了什么，但他意识到不能错过这次机会，于是拉着她跳上离他们最近的那只飞蚂蚁，逃跑了。

从此以后，一直一直，一切都很好。


从湖畔返回停车场的路上，强风照旧从我们身上拂过很多次。离开松林走了一会儿后，妻子忽然仰着头叫了一声："欸？"

我被她吸引着也抬起头，只见天上飘着一个雪块似的东西。这周围没有林木，天空和我们之间也没有能积雪的地方，可那雪块就飘浮在半空中。

　　这坨雪约莫有大纸箱一般大小吧。刚想到这里，它便朝我们所在的地方落下。我来不及反应，只有傻呆呆地看着。

　　然而，雪块没有落到我们头上，而是凭空消失了。也有点儿像是有一只手——当然，如果有这样一只手的话，得有一辆小型拖车那么大了——总之，是一只大得夸张的手替我们横着掸走了那坨雪。妻子眨巴着眼睛，像是怀疑自己的眼睛出了问题。

　　我则是一会儿抬起目光望天，一会儿垂下目光看看脚边，如此反复。

在猪苗代湖重逢的故事　2022

# 二十五年后的男人
# 曾统领天下的少年

"你在公司不是对部下的状况掌握得一清二楚吗？"妻子对我说。

我当然知道她在开玩笑，但只能弱弱地回答一声："大概吧。"

其实我没打算在公司表现得很活跃，也不想被那么多人仰仗，但一不小心就做到了部长的职位，手下有不少员工。不过现在的行情和从前不同了，管理岗往往有名无实，我都是奔六十岁的人了，有时候还得和年轻员工一起埋头写企划，跟普通员工没什么区别。我这部长做得就跟小学的班长似的。

"所谓的'报联商'，不是让员工向领导报告、联系、商量，而是领导要创造方便员工报告、联系、商量的环境。我一直遵照这一教诲啊。"

"这是谁的教诲？"

"门仓先生。他说是从某本经管书里看到的。"

"哦，那个意外地出人头地的门仓先生。"妻子绽开笑容，"他现在在做什么？"

"听说他养了好多金鱼。"

"哦。"妻子的回应很含糊，听不出她是否好奇。

起居室的窗外能看到道路尽头的猪苗代湖，湖边的风吹来，似乎一并吹来了约三十年前我和门仓先生一起去探查活动候选地时的回忆。当时的情景历历在目，真是怀念。

十年前，这个国家决定推进首都职能分化，公司总部随之转移到了东北地区。就这样，我们借此机会在郡山的猪苗代湖附近买下了一户独栋新居，从此一直住在这里。

能立刻去猪苗代湖散步，是住在这里的一大好处。

五年前，曾与我在同一家公司上班的妻子听说客户的公司很缺人手。"您能不能想办法帮帮我们？"客户的话促成了妻子的跳槽，她真的跳到那家公司去发光发热了。

"你在公司不是对部下的状况掌握得一清二楚吗？"

妻子这样说我事出有因——今年就要二十三岁的独生女夏帆一大早就沉着脸，我却对此丝毫没有察觉。

"我觉得她跟平时没什么两样。"

"怎么可能？你看她脸色发白，起床之后就在屋里走来走去，还一直在上网查东西。"

"是吗？"我愕然。对不起啊，门仓先生，看样子我没能创造出方便家人报告、联系、商量的环境。

二楼传来脚步声。循着那声音，我看见夏帆从楼梯上走下来。看看表，才上午十一点。休息日的这个时间下来吃午餐，实在有些早。

我偷瞥着夏帆的脸色，留意她是否心事重重。

大概是感受到了父亲的目光，夏帆回望我时的表情像是要甩开纠缠不休的恶鬼。她走到餐桌旁便问："爸爸，你没动我的平板电脑吧？"

"啊？"这句意想不到的问话让我摸不着头脑，"哪个平板电脑？"

"我屋里那个。早上我想查查工作资料，可是没法登录了。平时刷脸就行的。"

哦，是这么一回事啊。我放心了。她沉着脸，一定就是因为这个。"这个问题很严重啊！"夏帆立刻咄咄逼人起来，"你进我房间玩过我的平板电脑吧？改了密码对不对？"

我用力摆着右手，感觉自己像个冤大头。这件事，我毫无印象。

# 二十五年后的男人
# 曾统领天下的少年

"这里以前是敌人的基地吧？"身旁的雷克问我。

"是啊。"我回答，"在你父亲平息纷争之前。"

"又不是仅凭父亲一己之力平息的。"

雷克的样貌中隐约可见特工晴人的影子，和他在一起的时候，我总有一种时间倒流的感觉，仿佛我正望着的，是比拯救年幼的我时更年轻的特工晴人。

"你父亲还好吗？"

"可能是退役太早的缘故吧，他每天都闲得没事干，和特工小原一起下蚂蚁将棋打发时间。"

几年前，特工晴人突然发话："今后不用我下各种命令，你也能干吧？"那之后，他就辞去了代表的职务。不仅如此，他还决定从管理领土和国民的组织中退出。

"上岁数的人展望未来的能力太有限了。为未来奋斗的，应该是有未来的人。"他这么说着，把代表的职位强塞到我的手中。

　　我和雷克一路并肩向前，来到交通工具的维修厂。伴随着火花四溅的噼啪声，大大小小的机器正在工作。打了麻药睡着的蝉和蜻蜓躺在厂子里，维修技师们围在它们身旁。该如何对待这些作为交通工具为人效力的昆虫？大概从十年前开始，人们逐渐关注到这一话题。从此，大家开始为昆虫提供最起码的养护待遇。

　　"以前这些交通工具也是用于军事目的的吧？"

　　"算是吧，不过我倒是没见过它们被用于破坏性的攻击。以前也好，现在也罢，它们基本上都是用于移动的工具。"

　　屋子里响起一段旋律，不知是哪个工人在唱歌。

　　　　渐行渐远……
　　　　不好也不坏，不至于特意禀报
　　　　总在半途而废，差距越来越大

　　　　我的情绪OK，他却未必
　　　　奇怪的客气纠缠不休，机会一个个地被错过

　　不知不觉错过了好时机，导致两个人渐行渐远。听着这首歌，我好像明白了什么，又好像什么都不明白。

　　这段旋律萦绕在耳边，我想起了曾和特工晴人一起生活的另一个世界。

那个被称作CEO的人浮现在我的脑海。当我们来到陌生的世界，无所适从地在街头彷徨时，是他为我们提供了居所和工作。他性格沉稳，对年龄明显小他很多的我也不摆架子。那个世界和这个世界计算年龄的方式或许不同，但如今的我应该已经超过了他当时的年龄。"你们还是要走啊，好寂寞啊。"我想起他最后对我们说的话。

我们和他真的渐行渐远了。

　　　　他一定无法感应，我是如此地牵挂

几个正在干活的人抬头看到我，向我寒暄。我也向他们寒暄。

寒暄这一行为，我打很久以前就觉得神奇。没有哪个人少了它就不行，它却是群居生活所必需的。

只要我们朝对方挥手，对方就会朝我们挥手。如此简单的动作，尽管无法传达想法，却可以和对方交流。

"啊，就是这里。"走到旁边的工作区时，雷克说。

"原来如此，这的确很糟糕。"我仰头向上看。

这里的天花板被破坏，工作区有一大半蒙上了尘土。这片区域建在基地的地下，但现在竟有阳光照了进来。工人们来来往往，正在收拾残局。

"搞清楚为什么会这样了吗？"

"这里安了微型摄像头，可是……"雷克边说边指着前面的一大摊泥沙，摄像头多半是被埋在那下面了。

　　这究竟是偶发事故，还是有人故意为之？是某种自然灾害的结果，还是恶意攻击导致的？我思考着各种可能。

　　我不愿再次卷入纷争。但如果有危机逼近，我就必须打起精神。

# 二十五年后的男人
# 曾统领天下的少年

夏帆的平板电脑上了锁，现在只是一味地跳出"请进行刷脸认证"的信息。她为此烦躁不已："我已经认证半天了啊！"

"夏帆的脸也没变样啊。"我只是想开句玩笑，却被她瞪了一眼。

夏帆叹了口气："唉，到底要怎么办啊？"

前几天听过的一首名曲突然在我脑海中响起。

　　垂头丧气人就垮了
　　为此郁闷人就更垮了
　　这定式太可怕，却好像是真的

　　说什么越难过就越坚强，全是胡言，全是幻梦

大脑的状态会影响身体，心情沮丧，脑力就会衰弱，连带

着身体状况也会变得糟糕。这首歌仿佛在用经验和直觉向听众普及心理治疗的必要性。

也就是说，人越伤心，身体就越容易崩溃。

那些善于社交的开朗的家伙没有压力，因此身体健康。相反，爱较真儿的人健康状况往往不佳。命运如此安排，实在过分。歌的这一部分引起了我强烈的共鸣。

"不要太悲观嘛。"我试着劝女儿，但她依然沉着脸。

"而且我觉得有人动过我的平板电脑。"女儿说出更可怕的话来，仿佛有人偷偷闯入过她的房间。

"总之，我们来梳理一下情况吧。"妻子开始像名侦探般向女儿提问，想根据这点儿线索破解暴风雪山庄发生的连环杀人案。她多半是前几天在电视里看到过类似内容的电影。

"你最后一次用平板电脑是什么时候？"

"昨天晚上。"

"当时刷脸解锁是没问题的吧？"

"轻轻松松就解锁了啊。"

"是不是平板电脑的摄像头坏了？"

"这我就不知道了。"

"说起来，不能刷脸应该也有补救措施吧？像是'遇到问题的人请查看这里'之类的。"

"有是有……"女儿闪烁其词。"名侦探"抓住话头追问，女儿答道："就算不能刷脸，输入自己之前设定的密码应该也能解锁。但那串密码我不记得了。"重置密码需要输入姓名和出生的年月日，女儿说她连这些也忘了。我略微提高了音量："你连这些都记不住？"

"我担心录入真实的个人信息会有问题，所以在名字和出生的年月日上都做了点儿手脚。"

意思是说，她忘了自己当初做了什么手脚。

"从昨天早上到今天早上，有没有哪段时间别人可能动这个平板电脑？你一整天都在家吗？"

"一直在家。"

"你昨天没有外出吧？要是有人进了你的屋子，你肯定马上就知道了。"

"应该是我上厕所或洗澡的时候，爸爸动的吧？"

得知女儿一本正经地怀疑是我干的，我后背发凉："我再怎么也不会这样做的，我没有这么做的动机。"

"昨天我和你爸都要远程办公，我们一直在起居室和公司连线，他没有什么古怪的举动呀。"妻子说，"要是他偷偷动你的平板电脑，绝对会坐立不安，事情早就败露啦。"

"嗯，的确。"女儿认可了母亲的话。

"昨天你没有出过门吗？"

"啊，"听到这个问题，女儿提高了音量，"有的。"

"什么时候？"

"傍晚，爸爸妈妈不是出门买东西了吗？只剩我一个人在家。这段时间，我离开了一阵子。喏，我跟妈妈说过的，当时我听到一声急刹车的声音。"

"好像是有小孩从路边冲出来了？"

这俩人在说什么啊——我看看女儿，又看看妻子，再次觉得自己被她们抛弃了。

被冷落的感觉和帮不上忙的内疚令我有些胃疼。若是精神萎靡，身体也会连带着受到影响。真是祸不单行。

　　旧的忧郁生出新的忧郁
　　实在干不下去
　　但还是得干

是啊，尽管如此，还是得干。

# 二十五年后的男人
# 曾统领天下的少年

我仰着头，望了一会儿工作区上方的天空，说道："比昨天更严重了。"

"之前修好了一部分，但今天早上好像又被破坏了。"雷克说。

"到底是谁干的？"我嘴上这么说，却想不出符合条件的嫌疑人。这难道不是某种近似天灾的神秘现象吗？

"大家都开始担心了。"雷克说，"生怕这一切只是刚刚开始。"

"开始？"我把目光投向在工作区进行整修作业的工人们。他们之中有比我年长的，也有比我年轻的。人们你来我往，反复使用微型吸尘器吸走泥沙，来填补坏掉的天花板。我甚至看不出大家的侧脸是否被不安侵染。

"二十五年前的那场争斗结束后，人们一直过着和平的生活。只不过，与此同时，大家也觉得这份和平不可能永远持续下去。"

"是害怕纷争卷土重来吗？"

雷克点头："不知道谁会从哪里打过来，这样的可能性也不是没有。"

"打过来？谁打过来？"

"不知道。只是最近常有传闻，说会有来自外界的恐怖袭击。"

"这种传闻，我根本没听过。"大概这种传闻始于某人信口胡诌的奇想或玩笑吧。倒有可能在口口相传的过程中，逐渐变成夸张的、预言般的东西。

"不要紧的。"口说无凭。我只是愿意相信，既然之前没事，今后肯定也没问题。"我想这次只是自然现象导致的。"

那道土墙肯定是因为风吹雨打垮塌的。

"是吧。"雷克露出松了口气的表情。

不知什么时候，那些干活的人都停下来望着我们。或许是雷克刚才的话影响了我，他们的脸上仿佛都带着隐隐的不安。

这之后，我和雷克在基地里巡视了一圈。接着我假装忘了拿东西，离开他单独行动，去了特工晴人离基地稍有一段距离的住处。

"代表今天怎么有空大驾光临？"特工晴人一面说着揶揄的话，一面将我迎进门。

"当代表的感觉怎么样？"

我说起基地天花板塌陷的事，却因为既不清楚真相，又不想让他过分担心，只是开了个头就没再继续。特工晴人是否也听说了那些不确实的传闻？我想问，却终究没问出口。

没过多久，我们便开始回忆往事。我们相遇时的事（当时那架没有引擎的滑翔机到底是怎么起飞的，至今还是个谜）；特工晴人在敌军基地被捕的事（我已经不记得自己那时学过鸟叫了）；逃到陌生的土地后过得十分堕落的事（特工晴人似乎不觉得自己那时有多堕落，显得一脸茫然）……聊了许许多多。

当然，我们也聊到了那扇门——那扇在我们被敌军包围、命悬一线的时候突然出现的门。要想逃命，只能穿过那扇门。我们因此来到了一个完全不同的世界，生活在一个常识和规范都与从前的世界迥异的地方。

多亏了CEO，我们才在那里生活下去。他为我们提供了住所和工作。

"好怀念啊。不知道CEO现在怎么样了。"特工晴人说。

"是啊。"我回应时，难过和寂寞搅在一起，心口忽然一紧，"我昨天也久违地想起他来着。"

"真是上了年纪了，每天想起的都是以前的事。那些糟糕的事，如今也成了美好的回忆，着实不可思议。"

"可别说想回到过去呀。"我笑了。我只是单纯地觉得那么危险的事，我可不想再经历了，特工晴人却好像把我的话理解成了另一层意思，笑着说道："总把想回到过去放在嘴边，你会过意不去的。"

"过意不去？对谁过意不去？"

"对今天。"

对今天？

"我以前听过一首歌。"特工晴人说着哼唱起来。

> 别总说，想要回到过去
> 那样说，对不起今天
>
> 早晨很可怜，夜晚会哭泣
> 有这念头就要绝交，说出口就要罚钱

早晨很可怜，夜晚会哭泣。这种说法令我忍俊不禁，但歌词的意思我是认同的：不要对美好的过往念念不忘，重要的是当下和未来。

# 二十五年后的男人
# 曾统领天下的少年

　　"只要来到湖边，问题总能解决——我说，你不是在开玩笑吧？"夏帆不满地问。

　　"你抱怨个没完，却还是跟着我们来了。说明你尽管嘴上抱怨，但还是相信我们的'猪苗代湖魔咒'的。"

　　妻子笑了。我们沿着平时散步的路线从家走向猪苗代湖，大约十五分钟后看到了停车场。

　　"不能算相信吧。既然爸爸妈妈胸有成竹，我也就抱着看热闹的心态跟你们走一趟。"

　　只要来到猪苗代湖，问题总能解决。

　　这是我和妻子在迄今为止的人生中掌握的经验法则。

　　"用经验法则来形容不太合适，该算是魔咒吧，或者是一种执念。"

　　"'魔咒'这词，好像只用来形容糟糕的事。"我指出这个问题，女儿却把我的话当作耳旁风。

"的确不可思议，但是只要来到猪苗代湖，大部分事情都能得到解决。"妻子将我和她之前的经历讲给女儿听。

"妈妈，你说的这些基本都是丢了的东西失而复得吧？这是不是意味着在湖边容易丢东西啊？"

"你现在是找不到密码了，和我们当时的情况一样嘛。"

没有任何人有机会碰夏帆的平板电脑。只不过，她曾经听到家附近响起刹车声和孩子的哭声，于是出门看了看情况。由于那条车道离家很近，她离开时好像没关大门。我们判断，只有在那个时间段，家里是没人且不设防的。

"那个男司机一把年纪了，大概六十岁出头。车子应该是租的。有小孩突然跑到马路上，于是他死死踩住了刹车。车没撞到小孩，孩子却受了惊吓，哭得很厉害。我赶到的时候邻居也出来了。还好没什么大事，那小孩也很快就跟没事人似的了。"

"你离开家大概多长时间？"

"也就十五分钟吧。"

"难道不速之客是在那段时间进屋的？"由于实在难以置信，我的语气里也许带了些怀疑。女儿敏锐地感受到了，噘着嘴道："那也只能这样认为了啊！我回来之后在一楼待了一阵，可能没发现二楼的房间有人。"

不对，应该还有其他可能。平板电脑没被偷走，只是刷脸功能不好用了，所以也可能是解锁程序出了问题，或者摄像头坏了。

"昨天晚上还能正常使用呢，怎么可能突然就坏了？"女儿冷冷地回答。

接下来，一家人又讨论了一会儿。

"就算真有不速之客进了屋子，把刷脸解锁功能弄坏对他又有什么好处呢？"

"有人因此获益吗？"

"可能他只是来捣乱的？"

"他为了潜入你的房间，特意等到家里没人才进来？还是说，他来的时候正好赶上家里没人？"

假说、想象、臆测层出不穷，唯独找不到真相。

"啊，那辆车的行车记录仪说不定会录下那个人！"

妻子忽然来了灵感。这是个好思路，以至于我后悔自己怎么没想到。"不愧是妈妈！"夏帆也双眼发亮，真想听女儿也这样说我。"车载摄像头也许刚好能从急刹车的位置拍到咱们家的大门。"

能拍到前后方影像的车载摄像头是车的标配，租来的车子上肯定也安装了。

"问题在于去哪里找那辆车，又要怎么找到它。"妻子说完看了看我，仿佛在说：你有什么好主意吗？有的话就说出来，这样就也能得到"不愧是你"的勋章喽。

"去一趟猪苗代湖，问题说不定就能解决了。"我就是在这时候说出了这个想法。

"好主意。"妻子表示赞同。

刚到停车场，夏帆便说："来是来了，可要是来到这里就能解决一切问题的话，这个世上恐怕就没人会有困扰了。"她的意思是，世间哪有那么轻巧的事。

然而，现实就是这么轻巧。不然就是有人特意为我们设计了眼前的现实。

总之，那辆租来的车子就停在这家停车场。我们一家人瞠目结舌，当场愣住了。

"没错，就是那辆车！"夏帆指着停在最里面的那辆蓝色的新能源车，一路小跑过去。

我和妻子也难掩激动的情绪。虽然只是发现了想找的车，我们心里却有一种"案件"已经告破的畅快。

女儿在我们前头跑了几步便猛地停下来，我和妻子也停了下来。

我们很快就知道女儿为何停下来了。那辆缪斯公司生产的新型缪斯车的车身略大，在一个隐蔽的地方有一个司机模样的人。

我们能听见说话声，对方大概在和什么人讲电话。

"嘘——"夏帆将手指抵在唇上，回头看了看我们。

"不要紧的呀，不要紧。我马上就回去了。不过这样不是挺好的吗？最后做了我想做的事。"男人的声音轻柔，听上去很年轻，但稍微挪动位置，我就看到了一个比我还要年长的男人，男人的一头白发十分醒目。"好吧，一直以来我也确实任性妄为，给你添了不少麻烦。"他笑了笑，"这也是最后一次麻烦你了。"

那声"最后一次"里充满通透和乐观，伴着一种爽快。

不知不觉间，男人好像挂断了电话，望着我们，歪歪头问道："你们有什么事吗？"

# 二十五年后的男人
# 曾统领天下的少年

在昨天的那个地方，雷克像昨天那样和我并肩仰头望着天花板。他的侧脸明显比昨天阴沉了许多。

虽然没有完全修好，众人昨天总算合力将天花板补上了。可到了半夜，天花板不知怎的又被破坏了。

这样的情形，已经连续第三天出现了。

和物理性的破坏相比，精神的失落笼罩了基地的每一个人，我也觉得自己口中的"不要紧"没了说服力。

"也不知到底发生了什么。"雷克望着我说。

身为代表的我如果表现出对未来的不安，且不说身旁的雷克，这份不安也会沾染到其他人身上吧。于是我努力振作精神。

若是精神萎靡，身体也会连带着受到影响。

"这是什么歌？"

在雷克的提醒下，我才意识到自己正在哼一首歌。这是什么歌来着？连我都想问问自己，这首下意识哼起来的歌究竟叫什么了。

那是我和特工晴人一起在门另一侧的世界生活时听到的歌曲。

我们是不死之身，不死之身，天生就是如此

只要活着，就是不死之身
永远不会被打倒

无论发生什么，哪怕一无所有
都约好要笑到最后

印象中，CEO给我听过这首歌。

"活着虽然会遇到许多麻烦，但也不必那样战战兢兢地活下去。反正人活着的时候，是不会死的。"他这样说，大概是想鼓励在陌生的土地、陌生的人群和陌生的规则中怯怯活着的我们。

只要活着，就是不死之身
永远不会被打倒

"这歌词没毛病，毕竟人活着的时候不是死的。"雷克笑了。

　　我和雷克一起来到另一个工作区，许多人正围着一个比身体大一圈的圆形物体，不知道该把它归为机器还是某类器具。使用微型螺丝刀和微型燃烧器的声音传来，火花四溅。

　　"哦，是那个东西——"雷克反应过来，主动向我解释道，"他们好像在帮父亲的忙。"

　　"帮晴人先生？"

　　"父亲说那是一样老物件，问他们能不能帮忙修理。他也真是的，居然用公家的东西办私事。"

　　我重新端详那个单薄而巨大的圆形物体，猜不透特工晴人在想什么。那东西我仿佛在哪里见过，隐隐觉得熟悉，却想不起它的来历。

# 二十五年后的男人
# 曾统领天下的少年

　　那个在停车场遇见的租车的男人朝湖畔走去，我们则像被他牵着似的，亦步亦趋地跟在后头。准确地说，是他在前面走，我们一家人跟在他身后。他边看手机边往前走，一刻不停。我们怎么喊"等一下"都没用，只好一路追着他。

　　"可是啊，刚才那幕情景是真的吗？"身旁的妻子说。

　　"也不是完全不可能吧。"我回答。

　　我们说的是行车记录仪记录的画面。

　　"我们想看看这辆车录下的影像。"夏帆在停车场拜托男人，向他说明了事情的经过。也许是因为一家三口在说明过程中手舞足蹈地比画，对方听得微笑起来，像是觉得很有意思，终于点头道："哦，小孩子突然跑上马路时的影像啊。"然后他将行车记录仪的数据传到平板电脑上，给我们看了录像的内容。"的确，要是拍到有人出入您家的画面，那就有意思了。"

虽然"有意思"这一表述让我觉得别扭，但他毕竟耐心地让我们看了录像内容，我还是很感激的。

先说结论：录像里，我家的大门显示得清清楚楚。

小孩突然跑上马路吓了男人一跳，他急踩刹车，随后从驾驶舱冲出去察看孩子的情况。夏帆忧心忡忡地从家里走出来。这些情景都被录了下来。在车子重新启动之前，位于左前方的我家大门一直准确无误地映在画面之中。

"大门一直开着呢。"妻子指着画面说。

"啊……"夏帆表情扭曲。原来她慌忙从家里跑出来的时候用力推开大门，却忘了关上。

录像画面中的我家房门大开，完全不设防备，简直像在欢迎小偷光顾。我看得非常焦急，恨不得点击屏幕，把大门关上。

"不过，好像没有人偷溜进去呢。"在我们一家身后瞄着屏幕的男人说。

"是啊，看上去没人靠近咱们家。"

可是，尽管没人靠近，却有别的东西靠近——猫。

一只白褐双色的大猫忽然出现在画面中。看到敞开的大门，那猫仿佛毫无戒备之心，就像回自己家似的，大摇大摆地进了我家。

有那么一阵子，我们所有人一声不出，只是呆呆地看着那段录影。

"真是令人意想不到的转折。"男人兴致高昂，伸手点击屏幕，倒回去重看了好几次。

那猫的确进了我家。

"你见过这只猫吗？"

"可能是偶尔到咱家院子里溜达的猫吧。"

听着妻子和女儿的对话，我也想起来，之前在家附近见过这只猫。它胖乎乎的，优哉游哉地在周围转悠。"罪魁祸首是猫？"

"怎么可能？爸爸你说什么呢！你觉得猫会动我的平板电脑吗？"

"这可说不准哦。"男人说，"或许是猫跳到平板电脑上动的。"

"就算猫能碰到平板电脑，它也不会操作啊。"

"触摸屏幕一向如此，不光人的手指可以操作，对猫的脚垫也会有反应。最近还有人开发了专门供猫玩的应用软件呢。"

"啊，当时我正在看视频，出门前可能没锁屏。"

要么是猫踩到了平板电脑，要么是用爪子碰了。总之是某种可怕的偶然促成了平板电脑认证设置的更改。当真如此吗？我很难相信。"说不定就有这种偶然呢。"妻子笑了。

女儿则一脸苦涩："这也太巧了……"

男人似乎很开心："可能性也不是零嘛。说不定最近的系统连宠物的脸都能识别了呢。"

"要是录入了其他动物的脸，岂不是徒增烦恼？"我说。

每次用设备的时候，都得把那只狗或猫找来才能解锁。

"嗯，也对啊。"男人说，"只不过，如果是猫擅自闯进了您家——"

"怎么样？"

这时，男人忽然看一眼自己的手机，"啊"了一声。我问他发生了什么，他却好像忽然被屏幕掳走了神志一般，毫无反应。

接着，男人紧盯着画面，跟跟跄跄地横穿停车场，朝猪苗代湖的方向走去。

这是怎么了？

我和妻子、夏帆当然不能就这样掉头回去，只好跟在男人身后。回过神时，我们已经来到了湖边。

湖水倒映着碧蓝的天空，水面微微荡漾，仿佛要从那碧蓝中发出声响似的。

湖就是好。

到湖边散步，已渐渐成了我每日必做的功课。每次来到湖边，心情都会和缓许多。这面湖水就像给乐器定音的音叉，会主动响起"准确的声音"，调平我音准失衡的心。宁静的湖水一点点校正着我的心弦。

男人终于停下了脚步。

他定定地看了一会儿手机，然后环顾四周。虽然他一头白发，但显得格外年轻。在停车场邂逅的时候，他给人一种不食人间烟火的感觉，现在却仿佛换了个人似的，一脸严肃。

"究竟发生了什么？"

"啊——"男人魂魄归位似的浑身一抽，紧绷的脸上绽开笑意。我以为他要说"啊，你们怎么还跟着我"，他却开口道："或许你们难以相信……"

"难以相信什么？"

"大概二十五年前，我认识了两个年轻人。他们来自异国他乡，一个三十多岁，一个二十多岁。两人不是父子，也不是朋友，而是像兄弟一般。他们没有住处，就住在我家了。"

"来自异国他乡？"

"他们是外国人吗？"

"您到底在说什么？"

我们一家人不约而同地抛出疑问。

"最后，他们回到了自己居住的地方。现在想来，那是奇异非凡的一年，奇异到我几乎要怀疑这些都是梦中的情节。"

"您说的究竟是……？"

"真是一场很好的回忆。经营公司的同时，我还挑战了许多东西，吃的亏最后也补回来了。我受人埋怨过，也得到过褒奖。我这一生，虽然辛苦，但还是得到了相应的快乐。可现在呢，我没有想要的东西，也没有想去的地方。要问我幸不幸福，我觉得未必。这就叫站着说话不腰疼吧！而且呢，现在我有时候会觉得过去真好。真是奇怪。明明我一直以来都是抱着即使立刻死去也不后悔的心态，开心地度过每一刻的。"

男人说话时给人的感觉，就像几天前刚开始创业的年轻人。

"躺在床上想着：我不喜欢这样的自己。这时候，我忽然就想和他们再见一面。"

"能见到吗？"夏帆问，"您要去异国他乡吗？"

"分别的时候，我给了他们一样东西，有了它就能找到两人的位置。硬币形状的，大概这么大——"他用大拇指和食指比出一个圆，"我想，兴许可以查到他们现在在哪里。"

"您这是跟踪狂的行为呀。"妻子揶揄道。

"唉，那时候也没想真去查他们的位置，就一直放着没管。后来我连自己给过他们那东西都忘了，直到最近才想起来查。"

"二十五年前的东西，还能有反应吗？"

"当然没反应。电池肯定早就耗尽了，设备启动不了了。我也觉得自己像个傻瓜。"他笑了，"只是，我想要不去他们当时要去的猪苗代湖看一看吧。"

"所以您就到这里来了？"虽然对具体的情况一无所知，但我已经可以想象他迄今为止的人生。因为想念一起生活过一年，如今却不知道在哪里的某个人而来到猪苗代湖，也不知他此刻怀着怎样的心情。

"但我真的吓了一跳。"他说着把手机屏幕转到我们这边，"刚才在停车场看行车记录仪录下的影像时，我的手机收到一条通知。打开一看，竟然是位置信息。"

"什么意思？"

"就是说，我刚才收到了位置信息。"

"怎么会这样啊？"

"那是二十五年前的东西了吧？"

"您说的位置，是什么位置呢？"

"你们瞧——"他又将手机屏幕凑近了些。屏幕中间有一个蓝色的标记，代表手机当前所在的位置。而稍远一些的松林附近，还有一个闪烁的圆。

"这是怎么回事？"

"信号是从那里发出的。这说明当年那个设备至少是掉在那里了。"

二十五年前的东西现在仍然可以使用，这令人难以置信。之前一直接收不到的位置信息突然出现，也相当神奇。

"在那边。"男人指着前面，迈开了双腿。这时候有个东西从我旁边经过，我不禁"呀"地惊叫一声，定睛一看，是猫。而且是那只被行车记录仪录下来的白褐双色的猫。我和妻子面面相觑。

那猫神清气爽地迈着小碎步向前走。有一块地上的土微微裂开，形成了一个小洞，猫也许是喜欢这块地方，开始用前爪刨洞。生长在附近的杂草随风摇摆，大概刺激了猫的狩猎本能。

我走过去，从后面将猫抱了起来。这样做的时候，我并没有多想。

猫只是"喵"了一声，没有乱动。夏帆盯着它的脸，忍不住说了句："好可爱。"

男人把手伸向那个小洞。我还在想他在干什么，他好像已经捡起了某个东西。"就是它。"他捏起一个硬币似的物件举过头顶，像在挡住阳光，不住地看看正面，又看看背面。

"掉在这里了吗？"

"他们可能一直把它带在身上。"男人微微弯腰，把脸贴近洞口。

# 二十五年后的男人
# 曾统领天下的少年

　　我正和到基地来的特工晴人说话，雷克突然推开门，大喊道："打搅了！天花板又要塌了！"

　　我猛地起身跑出去，几乎将椅子掀翻，跟着雷克飞奔到工作区。

　　天花板正在塌陷。才刚刚修好，又有泥土崩落下来。仿佛有一只巨大的、看不见的手在顶上抓挠。

　　转瞬间，天空又露了出来。

　　工人们向外奔逃，以免被埋在泥沙之下。基地也发出指令，让蜻蜓和蝉等昆虫避难。

　　"这是怎么回事？"晚一步抵达的特工晴人也仰望着破了个洞的天花板。

　　伴着巨响和震颤，破洞眼看越来越大。这样下去，恐怕会发生毁灭性的崩塌，我也害怕起来。尘土和飞沙在空中狂舞，我闭上了双眼，周遭却突然变得寂静无声。

　　我战战兢兢地睁开眼，工作区已经停止了摇晃。虽然还有沙土零星地从天花板上簌簌抖落，但方才那种眼见着破洞越来越大的崩塌已经止住了。

　　特工晴人一时间也无法消化眼前的状况。

　　"那……那个不见了。"这时，雷克开口了。

　　"哪个？"

　　"父亲拜托工人们修的那个圆形的机器。他们刚刚才把它修好，就放在那边。"雷克手指的地方只有一片突兀的空地。

　　有位基地震动时摔了个屁股蹲儿的工人望着我说："刚才它忽地飘走了。"

　　他指着天花板外面的天空接着说："就像有人，某个巨人把它捡走了似的。"说完，他不好意思地摇了摇头。

　　"可能是CEO。"特工晴人忽然在我旁边小声说。

　　"啊？"

　　"我让他们帮忙修的，是之前CEO送给我们的那个东西——从门对面的世界返回的时候，他给我们的那个。回来之后，我们和它相比就显得渺小了许多。但在那个世界里，那东西大概只有这么大，跟硬币差不多吧。"特工晴人用手比画出一个圆圈。

　　"哦，是那个东西啊。你把它修好了？"

　　"那东西没电了，我想试着让它重新启动。是不是CEO知道了我们的位置，所以来找我们了？"

　　"所以说，这里刚才差点儿塌陷，是他帮我们防住了？"

我和特工晴人并排站着，仰望天空。

可能会有这种事吗？

我当然看不见CEO，但试着挥了挥手。特工晴人也和我做了同样的动作。

他还好吗？

　　　　他一定无法感应，我是如此地牵挂

不，他还是有可能感应到的。

# 二十五年后的男人
# 曾统领天下的少年

"您在做什么？"妻子问那个男人。

因为男人正拿着那个能发送位置信息的物件，对地上的洞口挥手。

"我感觉他们在这儿。"

我疑惑——他们是谁？

"刚才我提到的那两个曾住在我家的人。"

"他们两个？在哪里呢？"

我环顾四周，可眼前只有松林和湖水，再就是空中的云彩了。而且男人的目光明显正望着脚边的洞穴。

他们在那儿？难道在洞穴里？我想蹲下身瞧瞧，但那个地方肯定有小虫子。

这人的话可真奇怪啊。我不由得对他生出了几分警惕。不过，我忽然想起自己以前在猪苗代湖见到的那两个人。那是很久以前的事了。那两个人穿越异国之门而来，听上去像是谎言，却是真实的故事。我看看身旁的妻子，她双眼发亮，仿佛若有所思，或许也回忆起了同样的事。

"爸爸，我们把这只猫带回家养吧。对了，回家后，我要试试这只猫能不能通过平板电脑的刷脸认证。"夏帆忽然说出这么一句话来，然后抱起猫，沿着来路往回走。

"等一下！"我喊道。我想追上女儿，但还是对那个男人很好奇。男人死死地盯着洞口。

> 别总说，想要回到过去
> 那样说，对不起今天
>
> 那怎么办？那怎么办？
> WE GO[1]!
> WE GO!

男人口中哼着歌。

"请问……"我对男人说，"您刚才在停车场的话只说了一半，您说'如果是猫擅自闯进了您家——'，如果猫真的闯入我家，会怎么样呢？"

刚才，他这句话说到一半时，他突然走动起来，我们就这样来到了这里。

---

1 意思是"我们走"。——编者注

　　"哦，这个嘛，"他耸了耸肩，"我猜可能是猫舔了或抓了平板电脑的摄像头。镜头脏了，刷脸认证可能就不好用了。"

　　我追着夏帆跑远了。

这一切纯属偶然!

# 后记

　　二〇一五年，音乐艺术活动"小原☆休憩[1]"确定在福岛县猪苗代湖举办之际，我受邀动笔，开始写一部短篇小说。主办方希望将小说印成小册子，发给来现场参加活动的人。接下这一邀请，是因为GIP（一家为日本东北地区演唱会做企划的公司）的菅真良先生的活动理念和我产生了共鸣。老实说，一开始我的想法过于简单了："既然要分发给参加活动的人，那么只要以大家去的那片湖泊作为小说舞台，读者肯定就会觉得耳目一新，内容或许也不必太讲究。"我觉得，既然是一个让大家随性阅读的故事，写得随性一些也就行了。

　　因此，我以猪苗代湖为舞台，写了一篇比平时的小说短很

---

1　该名称由日本会津地区脍炙人口的民谣《会津磐梯山》中的登场人物小原庄助和"休憩"一词组成。小原庄助"爱睡懒觉，醒了就喝酒、泡温泉"的生活模式，以福岛县会津地区引以为豪的"慢生活"为原型。主办方希望打造一个终极和平的空间，让人们在忙碌不堪的生活中得到片刻的喘息，就像小原庄助休憩时一样随心所欲。

多的、童话故事似的东西，用了以前的作品中用过的点子，便满足了（也就是本书"第一年"对应的内容）。没想到，菅先生这时告诉我："我们的活动打算每年举办一次。"

我想，既然如此，如果下一年的小说能和上一年的情节连上，一定很好玩。难得活动一年举办一次，如果故事中的主人公们也能一年长一岁，就有趣多了。这样一来，这就不能再是一个"我随性写写，大家随性读读"的故事，我的如意算盘自然落了空。不过，每年都有一段时间用来思考"一潜入猪苗代湖的基地就卷入纠纷的间谍"和"步入社会后在公司辛苦工作的年轻人"今年会发生什么，边想边写，倒也不失为一项有新意的工作。

此外，由于"小原☆休憩"有音乐活动的部分，我便想在小说里写一写和自己喜欢的乐队、音乐人有关的内容，每次都把The Pees[1]和TOMOVSKY[2]的歌曲当成写作材料，也因此不免有些担心——参加"小原☆休憩"的人读过小说后，会不会因为我强势输出自己的兴趣爱好而生气呢？当菅先生承诺会用TOMOVSKY先生的插画做小册子的封面时，我也很开心。

从此以后，每年开春的时候，我都为"今年该用哪首歌"而烦恼。要么听听菅先生的意见，要么直接和TOMOVSKY先

---

1  1987年组成的日本摇滚乐队。
2  日本创作男歌手、插画家，原名大木知之。1965年出生，是The Pees成员大木温之的双胞胎弟弟。

生本人商量，根据选定的歌曲展开想象，完成小说。

作品的每一章都会引用选定歌曲的歌词，这些难说是积极还是消极的歌词再一次让我惊讶不已。我由衷地觉得，在前途未卜、心情灰暗的时候，有这些歌曲的陪伴可真幸运啊。尽管是很久以前的歌，歌词仍具备与当今时代契合的普遍性。这些文字的组合是我无论如何也想不到的，万一被读者误认为是我写的就冒犯了，所以印刷时对歌词部分的字体做了一些变化。

就像前面写的那样，我原以为这部作品只要取悦参加活动的一小部分人就够了，可写到第四年的时候，又开始觉得把它结集成册或许也不错。虽然它的创作过程和主旨与我寻常的作品有些不同，我还是很中意这个杂糅了童话传说和职场小说的故事，认为把这几篇故事放在一起读，或许又会有不同的乐趣。于是，我花费七年时间，写就了这本书。

希望去过猪苗代湖的人可以一边阅读，一边淡淡地想起记忆中的那片湖泊；也希望没去过猪苗代湖的人可以一边阅读，一边淡淡地想象那片湖泊和它四周的风景。

# 首次登场的音乐作品及相关活动

第一年/小原☆休憩（2015年夏）

《滑翔机》The Pees

第二年/小原☆休憩（2016年夏）

《夏天纪念日》The Pees

《海绵超人》TOMOVSKY

第三年/小原☆休憩（2017年夏）

《丧家犬》The Pees

第四年/小原☆休憩（2018年夏）

《除了这两件事以外》TOMOVSKY

《作战计划》TOMOVSKY

第五年/小原☆休憩（2019年夏）

《太阳下山也要和她一起漫步》The Pees

《全都往后拖》The Pees

《异国之门》The Pees

第六年/小原☆休憩（2020年秋）

《优秀的浮游灵》TOMOVSKY

《短暂的夏天结束啦》The Pees

《那就维持现状吧》The Pees


第七年/小原☆休憩迷你场（2021年秋）

《希望之星》TOMOVSKY

《用心去做》TOMOVSKY

《星星真漂亮啊》TOMOVSKY

《终于Happy》The Pees


在猪苗代湖重逢的故事 2022/小原☆休憩企划（2022年秋）

《渐行渐远》TOMOVSKY

《大脑》TOMOVSKY

《WE GO》TOMOVSKY

《不死之身原曲》TOMOVSKY